臺南青少年文學讀本

小說卷

李若鶯◎主編

《臺南青少年文學讀本》局長序 5
《臺南青少年文學讀本》顧問序 9
《臺南青少年文學讀本》召集人序 13
主編序 17

目錄

《臺南青少年文學讀本》局長序

藝文輝光無不照，文學花果正豐茂

提升生活品質，乃是人類社會無止境的追求，其動力則來自文化的陶冶。而文學正是文化陶冶的重要途徑之一，也是表現文化內涵的精髓和根本之所在。福樓拜曾說：「文學就像爐中的火一樣，我們從人家那裡借得火來，把自己點燃，然後再傳給別人，以致為大家所用。」現在，我們所推動的青少年文學讀本編選工作，正是追隨文學先賢的步履，點燃文學薪火，再一代一代傳遞下去。

有些書只須淺嚐低品，有些書可以囫圇吞下，有些書則值得咀嚼細品。這些值得咀嚼細品的書，就是本局出書所懸的標準，也是本局所欲達到的目標和臻至的境地。對青少年而言，最值得咀嚼細品的書，自然非文學書莫屬了。因此，我們秉持著「植根臺灣鄉土，擷取臺南文學」的原則，編輯了這套適合青少年閱讀鑑賞的叢書——《臺南青少年文學讀本》。此書一套凡六冊，主要目的是讓文學及文學教育能「向下札根，向上開花」，最終開創「藝文輝光無不照，文學花果正豐茂」的境界。

追本溯源，文學乃起源於我們對人間生命的熱愛，對幽微人性的探索，對廣大社會的關注，對鄉土情懷的摯愛，因而加深了文學悠遠的意境、雋永的哲思和智慧的火花，也加深了文學的感動力、感召力和感染力。文學，由於注入了活生生的生命和感情，因而使文學具有「將抽象事理化為具象敘述，將平實文字變成波瀾文章」的魅力。但每一種文類創作時，卻又有自身的特質和要求。如以本套書文類為例，短篇小說卷重在生動故事的敘述，散文卷重在聞見思感的描寫，現代詩卷和臺語詩卷重在文采節奏的抒情，兒童文學卷重在童稚語言的表現，地方傳說卷重在口頭傳聞的紀錄。以上所述，即見出文類寫作的不同旨趣。

為了透過文學讀本積極落實國民教育的語文學習工程，讓青少年認識本地的作家作品，再透過作品了解自己的土地。一〇五年三月陳益源教授在臺南市文學推動小組會議中提案，編輯《臺南青少年文學讀本》，由陳昌明任召集人，各卷主編人如下：

・小說卷　李若鶯主編
・散文卷　王建國主編
・現代詩卷　吳東晟主編
・臺語詩卷　施俊州主編
・兒童文學卷　許玉蘭主編
・民間故事卷　林培雅主編

文學讀本選文時，凡本籍、出生地為臺南，或長期居住臺南者，均視為臺南籍的作家。我們選文重點之一，特別重視時代性，此即「文章合為時而著，詩歌合為事而作」。從日治時代以至當代為止的作家作品，尤其注重從年輕一輩新創作家挖掘，以更符合這個時代年輕人閱讀的作品。這些作品經過時間的選汰、淘洗、精煉，自然而然就成為我們社會共同的記憶和資源。所選作品基本上以符合青少年的閱讀為主旨，並不只以臺南名家作品為依歸。作品如有不適合青少年閱讀者，則加以調整，儘量選擇能表現或彰顯臺南地理環境、歷史源流、民情風土、文化底蘊、人文風貌的作品。本套書體例是每篇選文包括「文選」、「作家小傳」、「作品導讀」三部分。

每一時代與土地，都有屬於斯土斯民心靈上的「原鄉」，這個原鄉有如藏寶盒，珍藏了屬於那個時代與土地的情感印記、生活記憶和吉光片羽，這是留給後人最美好的資源。將此資源記錄下來，然後再彙編成冊，這就成了美麗動人的文學篇章。如此代代傳承下去，或成為懷舊的故事，或成為經典的作品，永遠給人們帶來無可取代的感動。也正是這些感動，生發出世世代代美不勝收的人文風景。此情此景，何嘗不是我們的目標和憧憬呢！

臺南市政府文化局局長　葉澤山

《臺南青少年文學讀本》顧問序

陳益源

臺灣以縣市為單位的區域文學讀本，稍早有《苗栗文學讀本》（六冊，苗栗縣文化局，一九九七）、《臺中縣國民中小學臺灣文學讀本》（七冊，臺中縣文化局，二〇〇一）、《彰化縣國民中小學臺灣文學讀本》（九冊，彰化縣文化局，二〇〇四）、《高雄縣國民中小學臺灣文學讀本》（五冊，高雄縣文化局，二〇〇九）等。

二〇一六年四月，《雲林縣青少年臺灣文學讀本》（五冊）又由雲林縣政府文化處出版，本人忝為該項計畫的主持人，當時正被文化部借調國立臺灣文學館擔任館長，因此特別在五月十四日於臺文館安排了一場新書發表會暨各縣市青少年臺灣文學讀本的編纂理念說明會，邀請《雲林縣青少年臺灣文學讀本》的顧問（吳晟、路寒袖）、各分卷主編和學者專家、各縣市文化局代表齊聚一堂，進行經驗分享與意見交流。

「了解是關懷的基礎」，詩人吳晟當天在接受民視新聞訪問時說：「你對我們自己所賴以安身立命的地方不了解，那你要從何去培養你的關心？」所以他不斷大聲疾呼應該編纂在地文學讀本，落實文學教育；又因「臺灣各縣市的人文、地理、產物……，各有不同的特色、不同的動人故事，因而孕育了多樣的文學現象」，所以各縣市的文學讀本都可以有適合當地文學現象的彈性編法。我們一致希望能推動更多縣市編纂自己的青少年臺灣文學讀本，讓各縣市子弟從小就有機會接觸自己家鄉的作家，了解自己家鄉的文學，進而真正關懷自己的家鄉。

這樣的理念，很快得到了一些迴響，二〇一七年三月，屏東縣政府與國立屏東大學合作出版了《屏東文學青少年讀本》的新詩卷、小說卷、散文卷三冊。於此同時，臺南市政府文化局葉澤山局長亦已委託陳昌明教授召集《臺南青少年文學讀本》編輯會議。經過了近一年的精挑細選，《臺南青少年文學讀本》現代詩卷、臺語詩卷、兒童文學卷、民間故事卷、散文卷、小說卷即將於二〇一八年七月問世。

臺南市政府文化局積極打造府城為文學之都，每年盛大的臺南文學季活動內容精彩，同時也有計畫地要讓府城文學走向世界（例如文學大老葉石濤短篇小說的越南文譯本，二〇一七年十二月他老人家逝世九周年前夕要在河內隆重推出），現在又有了《臺南青少年文學讀本》的在地向下扎根，我們相信此舉必能讓府城子弟透過在地文學的閱讀而更加了解臺南、肯定自我，並且可望再為府城文學開更多的花，結出更多的果來。特撰此文，以申賀忱。

二〇一七年十一月於成大中文系

《臺南青少年文學讀本》召集人序

陳昌明

點燃閱讀的樂趣

臺灣文學近二十年來，在研究、整理、出版上都有豐碩的成果，但在青少年文學讀物的領域，卻是長期的匱乏。這是因為國小進入中學以後，升學壓力日重，學生無暇顧及課外讀物，而家長重視子弟課業，也不鼓勵小孩閱讀課本以外的書籍。於是我們的教育，長期陷入閱讀貧乏的窘境，學生只能注視課本裡的作者、題解、注釋，長期記憶背誦為考試而讀書，終讓閱讀成為學子的畏途。所以我們的學生閱讀興趣低落，閱讀素養不足，離開學校以後，再也不閱讀。

因此，臺灣青少年文學缺乏市場，本土青少年讀物嚴重不足，已經形成嚴重的閱讀危機。青少年找不到閱讀樂趣，影響的是終身的品味。編選優良的青少年讀物，固然有助於推動青少年的閱讀，但如何在家庭與校園產生影響，才是推動閱讀成敗的決定性因素。

近年來從高中到大學的學測，逐漸重視「素養」，不再以課本語文教材為範圍，正是新一波推動閱讀的契機。如果家長與教師能體認此新趨勢，讓青少年的閱讀擴大眼界與範圍，那麼此時編選臺灣青少年讀本，正得其時。葉澤山局長去年提出編選臺南市青少年文學讀本的構想，我與陳益源即著手規劃此套叢書的架構，以及選擇各冊適當的主編。我們邀請了林佛兒、王建國、吳東晟、施俊州、許玉蘭、林培雅擔任編選委員，分別負責主編短篇小說、散文、現代詩、臺語詩、兒童文學、民間故事等各卷工作，各卷內容大抵從日治時期新文學興起，以至當代青年文學家的作品。此套書並特別規劃了臺語文學與府城地方傳說，突顯臺南文學的特色。系列作品不僅可讓學子們同時觀賞臺南文學的優雅、清新、華麗、通俗等各種風格，更讓讀者初探臺南文學的歷時性發展，是一套豐富可讀，有其深度的作品集。去年林佛兒老師意外仙逝，文壇咸感悲痛，林老師短篇小說卷原已初編完成，後續工作則感謝其夫人李若鶯教授接手。

府城作為臺灣文化的發源地，《臺南青少年文學讀本》的出版，不僅供臺南市青少年可以閱讀，也適宜做為臺灣青少年文學的共同讀本。所以本套叢書在選材上，有幾個條件：

一、選文具代表性，難易程度適合青少年閱讀。

二、內容具教育意義，文學特性讓讀者有潛移涵養的功能。

三、選文能讓讀者了解臺灣歷史社會背景，充實相關文化知識。

各卷主編在選文過程，都投入相當多時間與精力，每篇選文之後，都加上適度的解說，對於讀者有基本的導讀功能。希望這套經過各冊主編精心編選的讀本，能夠啟迪讀者，重新點燃青少年的閱讀樂趣。

主編序　我們的任務——代序

李若鶯

《臺南青少年文學讀本》小說卷，最初是文化局委託林佛兒選編的，已經進行了好幾個月，擬了名單，也開始邀集了一些文本。林佛兒在二〇一七年四月猝逝，由林佛兒牽手的我接續完成。

本書共選錄了十四位作家的作品，大概可以分為四個世代。第一代是出生和成長在日治時期的林芳年、葉石濤和黃靈芝；第二代是出生在二戰終戰前後的張良澤、楊青矗、林佛兒和周梅春；第三代是出生在一九六〇、七〇年代的楊寶山、張溪南、蔡素芬、凌煙和陳柏欽；第四代是出生在一九八〇年之後的張英珉和楊富閔。由這份名單，可以看出作家分布的時間帶是相當均勻的。

因為這本文選的閱讀對象設定以青少年為主，因此，其定位是任務型文選，而其主要任務就是教育。我認為這本書應該在下述幾個方面對教育任務有所貢獻：

（一）增進對臺灣歷史和社會文化的認識

（二）幫助思想的啟發和美好情操的陶養

（三）增強文學的興趣和寫作技巧的進步

本書所選文本，就題材言，大都以親情為基底，於故事發展中帶出作者所要傳達的生活思考和生命哲學。在不同世代的親情描繪中，也呈顯了不同時代的歷史背景和社會文化，正好提供讀者歷史思潮的尋索和文化脈絡的認知。如葉石濤〈日本老師的地攤〉、楊青矗〈鹽賊〉、黃靈芝〈輔仔〉帶我們回到終戰前後的時代，有努力觀照過去的眼睛，才能睜開瞻望未來的視野。凌煙〈阿公的前世情人〉再現了社會上阿公阿嬤寵愛孫兒的現象，而且筆調間對這一現象充滿寬容。張英珉〈鱷夢〉諷刺了臺灣社會製造謠言和一窩蜂盲從盲信的群眾心態，對失去理性思考能力的社會是很好的針砭。

而蘊蓄於文本、穿梭字裡行間的，更重要的東西是形而上的思想情操的透顯。這些篇章都不是無病呻吟，不是賣弄語言能力文學技巧，都是有為而作。林芳年〈凍霜仔棚〉讓我們看到一個視錢如命的人刻薄小氣的嘴臉；張良澤〈大西瓜〉相對的是一家慈愛禮讓、情勝於欲的溫馨；林佛兒〈再叫一聲姊姊〉彰顯一種民胞物與的行為，及這種行為對人性趨善的鼓舞力量；周梅春〈天窗〉寫一個人遷善的力量必須是自發的，才能延續且收到效果，而且，不能諉過於他人；楊寶山〈抓蛇紀事〉寫出憐憫心的觸動，只在一瞬間，而憐憫心的發用，才是人所以異於禽鳥蟲獸之所在。他們都沒有大聲宣教，沒有訓示的語言，而讀者，就在閱讀中，感知了，潛移默化了。

作為一個選編者，首先的期待，當然是所選文本能引起讀者閱讀的興趣，因此文本的可讀性要高，而小說要可讀性高必備四個要素：趣味的情節、傳神的人物、精準的語言和豐富的描述。因為希望呈現臺南作家的多樣多面，每一文本的篇幅不能太長，內容也要兼顧青少年期的心理、生理，所以有些作家的經典之作，如黃靈芝的〈蟹〉、葉石濤的〈蝴蝶巷〉、林佛兒的〈人猿之死〉之類，不是太長，就是情色不宜。本書選錄的篇章，基本上可讀性都很高，其中特別在創作技巧上，力圖推陳出新的，如張溪南〈我正在寫「張丙傳」〉、蔡素芬〈別著花的流淚的大象〉、陳柏欽〈床痞〉、楊富閔〈暝哪會這呢長〉；而且這些都是比較年輕的作家，可見年輕作家對於超越前賢的旺盛企圖，在題材上力圖開拓，在表現手法上力求創新，有的且已建立個人風格，相信這些會給對寫作有興趣的讀者很有助益的啟發。

希望你展讀這本書，希望你闔卷後忻喜於有所得，那麼，我們——我和牽手林佛兒——也有所得於你的有所得，也會有完成任務的忻喜。

李若鶯

完稿於二〇一七年七月二日，林佛兒逝後三週月

林芳年

凍霜仔棚

【作者簡介】林芳年（1914-1989）

原名林精鏐，臺南佳里人，一九五三年改名芳年。自幼喜愛文學，二十歲開始發表作品。一九三五年曾與鹽分地帶文友們成立臺灣文藝聯盟佳里支部。日治結束之前，所發表之日文現代詩有三百餘首，此外還有散文、小說和評論多篇。戰後鍥而不捨自習中文，一九六七年重拾文學之筆，改以中文創作，曾獲「鹽分地帶文藝營」頒發「臺灣文學貢獻獎」。著有《林芳年選集》、《失落的日記》、《浪漫的腳印》、《曠野裡看見煙囪》等。文學之外，編著有財經論著《商品銷售叢譚》、《市場理論與實務》。

凍霜仔棚

林芳年

這塊寶島如逢到寒流來襲時，偶爾也會下霜（其實是結霜）。電視記者常在報告氣象時說：「X月X日將有強烈的寒流來襲，請大家嚴防霜害……」

霜雪可比洪水暴風還無情，惟臺灣是個亞熱帶地方，除高山深處偶有積雪外，至於平地的地方是不會下雪的。但「霜害」總是免不了，一旦霜下來啦，田園的穀物會被凍枯死，狀況嚴重時，也會演成飢荒，所以「霜害」還是與洪水暴風一樣可怕。

霜如果下來啦，那真是討厭極了，既無從逃避，也不可以整天躲在被窩裏。不過這是一種大自然的攝理，不是時時有的，能咬著牙關熬熬幾天就沒事了。

我現在要說的並不是大自然的那種「霜害」，是比「霜害」還要可怕的東西，那是一個活生生視錢財如命的人。這些比霜害還要苛酷，視錢財比任何東西都來得重要的人，大家都在他的名字上冠上了「凍霜仔」的呼稱。一旦被人指呼為「凍霜仔……」，那這個人必定非常吝嗇，一毛不拔，個性冷酷無情。

他們把錢財管得很緊，一角一分也不肯吃虧；有時候連債務者身上僅存的一滴血也要吃掉才肯罷休。其狠毒的狀況比蛇蠍猛獸還要兇，所以一些放高利貸的老闆，常被世人喊為「凍霜仔鬼」。

「凍霜仔棚」就是一毛不拔視財如命的凍霜仔鬼，他的財產到底多少，這是鄉下的人一直無法估計的。據他一位親戚說，這恐怕連他本人也搞不清楚，因為他的地皮漲價，比如由輪轉機滾出來的鈔票一樣的快速。

他生在一個赤貧如洗的佃農之家，所受的教育也只能限於起碼的六年義務教育。他是聰明的，當他公學校（國民學校）快要畢業時，一位日籍導師曾到了他的家，向著他的爹說：「你啊（日本人輕蔑臺灣人的呼法），施大棚很會讀書，不要讓他只讀六年就輟學啦，必須要多讀一點，他是有前途的。」

「先生，我連吃飯都成了問題，那裏能讓棚仔再去讀書呢？讓他去為人看牛算了。」棚仔的爹揉著眼睛，表示沒有辦法的尷尬狀。

「孩子的前途要緊，不要這樣隨便放棄讀書的機會。」那位日本導師深深的表示著莫名惋惜的難過相。

棚仔確實是個人才，但他因礙於家計不夠寬裕，就這樣輟學到隔壁村莊為人看牛去了。

自他離家出去為人看牛之後，他的爹也慢慢感覺到棚仔這樣去為人看牛是不值得的。因為每月僅能拿到的是一塊至兩塊的薪水，如不讓孩子改改途，那三餐怎麼支撐得下去呢；他的爹已經決定要為棚仔另找職業了。

看牛的工作雖不繁重，但常受到東家的責罵，做田人的罵人是極粗魯的；有時候看到耕牛帶著空肚子回來時，東家常翻著臉破口罵人：「你這不重用的東西，你連牛都餵不飽，那裏會餵得飽自己？幹你娘！」

棚仔受到這種委屈是很平常的，如果東家情緒不好時，偶爾也會拿著木棍子打他。這種差事應該早就可以不幹了，惟棚仔的家是窮的，受一點點委屈算什麼，那時候他還是咬著牙根熬著，到月底不是照樣可以拿到一兩塊薪水嗎。

凍霜仔棚的童年時代是這樣的，他所體會的是這樣沒有人情味，像牛馬一樣的生活環境；所以當然不能學會悲天憫人的心腸。他把年輕時所受的委屈牢牢的惦記著，盼有一天能雪了藏在心頭之恨。

那一年，他的父親決定要讓凍霜仔棚改行。那時候不像現在的工業社會隨便可以闖進工廠當學徒，於是棚仔的爹就在三教九流中隨便挑挑適當的差事。就決定要讓棚仔到法倌（紅頭師）貴仔那裏當門徒。

那時候的鄉下人，差不多一半是信醫生，另一半是信紅頭仔；認為五府千歲爺的爐丹比西醫藥材還要靈驗。也許那時候的農村社會，醫生與紅頭師是站在平分秋色的定點上。如果有人請紅頭師去做一場法事，除有紅包可拿外，同時也有一頓點心可吃；棚仔的父親就這樣決定要讓棚仔去幹紅頭仔了。

棚仔要去當紅頭仔的消息不久竟傳遍了鄉，成為鄉下的小新聞。而這些消息也很快的傳到九條灣公學校校長的耳朵裏去。

那位留有仁丹標鬍子的田坂校長憮然撚著鬍子說：「怎麼可以這樣，施大棚是本校畢業的優等生，我田坂校長絕對不允許他去當紅頭仔……」

於是沒有幾天棚仔的爹就被田坂校長叫去問話了。

「你啊，施大棚是本校第一屆畢業第一名的優等生，怎麼可以讓他去當紅頭仔，八格野鹿！」田坂校長一面撚著鬍子，一面臭罵棚仔的爹。

「校長先生，棚仔不去當紅頭仔，要讓他去幹什麼，我的家實在太窮啦。」棚仔的爹的項背，陣陣的冒出冷汗來，誠惶誠恐的答話。

「你這『KC卡郎』（沒有道理）的傢伙，好啦好啦，自明天起叫施大棚來本校當校工算了。」

田坂校長這句話真是一言九鼎，棚仔就這樣決定要來九條灣公學校當校工了。

這是棚仔的一個轉運點，他聽到田坂校長要採用他為校工時，竟是喜出望外，於是翌晨就匆匆趕來九條灣公學校報到了。

田坂校長看到施大棚時，很高興的把一隻手放在他的肩膀說：「施大棚，你要好好用功，將來要參加教員的檢定考試，要認真的幹，嘩喝達呵

（懂嗎）？」

「校長先生，嘩喝利瑪希達（懂）。」棚仔緊縮著脖頸，喜不自勝。

「你啊，你晚上不必回家，就宿在我家裏，一面讀書一面幫你奧桑（夫人）的忙，嘩喝達呵？」田坂校長還是照樣摸著棚仔的頭蓋。

棚仔整整在九條灣公學校幹了三年的校工，他由於田坂校長的熱心指導，終於在第三年通過了日本普通文官考試；這樣一來，除了田坂校長青睞有加外，老師們也都另眼相看了。

當他到九條灣公學校當校工的第一年，曾發生了一條人們無從置信的大新聞。事情是這樣的，有一天的下午四點鐘左右，大家都下了課，老師們聚在一個地方嘩啦嘩啦的閒聊。那時候，適有一個瞎了眼的相士打著牛角鼓走過學校的大門。

田坂校長一時興起，著六年級的王老師說：「你去叫那位相士到這裏來相相我們看看，看大家將來會變成怎麼樣。」

這個相士被日本仔校長叫來算命，感覺非常榮幸，他結結巴巴的說：「校長先生，你找我來有何貴幹？」

「奧喝蘭呵（不知道嘛），看命啊，看看大家的命運啊。」田坂校長還是撚著八字型的仁丹鬍子。

大家既然要算命，於是那位相士就很認真的叫老師們說出每一個人的生年月日及時辰。相了半天，那位相士很坦誠的對大家說：「我如有說不對的地方，請你們多多原諒，你們命中註定一輩子要幹老師的，最了不起是當了幾年的校長吧。」

每一位老師緘了口，因為相士已經這樣斷了，前途是平凡的，既不飛黃也不騰達。大家的心裏的的確確有點不是味道，自認命薄不能顯耀門楣。

這時候，棚仔正流著汗水在挑水，於是田坂校長就喊他來讓相士為他算命。

相士把棚仔的生年月日及時辰牢牢的記著，不斷在口中咀嚼，他忽然瞪起了瞎眼，舉起兩隻手猛打著膝頭喊著：「哎唉，是大富大貴之命，將來腰纏萬貫，將擠入臺閣之列，恭喜、恭喜。」

腰纏萬貫這句話還可以說，但將會擠入臺閣之列，未免過於誇大其詞。因那時候還是日本仔的天下，所以這句話是等於胡言，連一向鍾愛著施大棚的田坂校長也說：「喪那八格阿奴呵（豈有那種傻事），他是清國奴啊！」

施大棚將來會腰纏萬貫，又會擠入臺閣的傳說，也很快的傳入鄉下。兩年後棚仔日本普通文官考試及格，握有充任日本文官資格的文憑，更證明相士並沒有說謊。

他既然文官考試及格，那就不可以再待在校裏當校工了，於是田坂校長就到郡役所與郡守商量把棚仔調來衙辦事。據田坂校長說，棚仔是暫時當雇員職務，將來如有屬官（科員）出缺時，自應報上州廳（縣政府）任命為正式科員。

凍霜仔棚當校工所領的薪水不過是十塊左右，但到郡役所擔任雇員，薪水即一躍為二十八塊，使得凍霜仔棚一家的生活顯著的改善。講句老實話，他一家每月的生活費用最多不過是五塊至六塊就夠啦；所以他每月可以乾剩二十幾塊。當然也會發生一些意外的開銷，但他的爹還能到外頭打工賺零款，所以生活費用是綽綽有餘的。

他把每月積下來的錢，統統以高利放出去，因為那時候的幣值非常穩定，而且也無其他夠妥當的事業可以投資，所以放高利這一途是最安全可靠的。

經過沒有幾年，凍霜仔棚變成名副其實的放高利專家了，他把所有剩款統統投資於收購不動產，其範圍廣及小鄉鎮的鬧區，以至N市及K市等地都有凍霜仔棚所收購的地皮。

凍霜仔棚真是沒有止境的走運了，那一年因日本發動侵略戰爭，郡役所的年輕日本仔都被召一空，他就在這狀況下順理成章的被補實為正式屬官，權充文源郡庶務課的文書主任；而那一年又是他要結婚的大喜之年。棚仔常常大言不慚的向著一些媒人說：「我棚仔是N州的屬官，非娶大戶人家的小姐不可，貧窮的女孩怎麼可以跨進施家的大門，嘿嘿。」

他早就抱著這種觀念，這種想法的確是值得唾棄的，但他的確是穿著文官服的日本官員啊，所以他還是沒有失去男人的吸引力，不久也即成為凍霜仔武的女婿；吻合著社會在風行的「龍交龍，鳳交鳳，駝背的交空戇」一句話。

凍霜仔棚自攀上了凍霜仔武的小姐這樁親事以後，運途一直扶搖直上，財產也像一個不斷充氣的皮球一樣膨脹增加。俗話雖說：「五年一運，好歹照輪」（風水輪流轉），但這句話不能適合凍霜仔棚的處境。他自文官考試及格以後，竟像五府千歲一樣，享著絡繹不絕的香客，不知道越過幾個五年啦，但還是很堅韌沒有凋零的跡象。

翌年的春間他的第一胎女兒誕生了，他與一般的人們並沒有兩樣，那是希望早點得到男孩，但老天爺偏偏不作美，他的太太竟連續生下來八個賠錢貨；直到第九胎才生下男孩。

這遭真是非同小可，當孩子滿月時，一家有如一壺熱滾滾的開水一樣，到處都能聽到此起彼落的歡欣聲。凍霜仔棚認為這個孩子必定是貴子，才會這樣姍姍來遲；他在心裏默默的想著：「噯，這是我棚仔應有的命運，因為我是單丁過地（單傳），所以合該只有一個子息。幹，單丁有什麼不好，像我施仔大棚不是單丁嘛，但像我這樣的人，在這世上到底有幾個？沒關係，沒關係。」

他把孩子取名為「萬有」，因為他是中年以後才得子，如果是這樣的意思，應該稱為「慢有」才對，但他是個人也要財也要的一毛不拔的凍霜仔，所以取名為「萬有」是很合適的。

凍霜仔棚在物質方面已經沒有缺少些什麼，但他的心窩裏一直有個解不開的結；那是八個女兒一天一天的長大起來，對這麼多的女兒，應該怎麼來選婿呢？

頭一個女兒秀卿已經到了亭亭玉立的年華，貌雖非絕世，但卻長得相當可人，是位未婚的青年們垂涎不已的對象；而棚仔又是一位也有錢也有勢的大亨，將來這筆陪嫁的錢財必定非同小可。但一些過鹽水（鍍金，越洋留學）的年輕學人也不是等閒之輩。考慮這份親事一旦攀上了，會不會成了真正的金龜婿。的確每一位過鹽水的小傢伙都在心裏打著如意算盤。

施大棚實在是太凍霜了，所以每一個小傢伙都存戒心，因為並沒有談好條件，那怎麼可以含糊答應下來呢。一方面凍霜仔棚也未免自我抬舉得太高，他的心窩裏一直在喊著：「小傢伙們，來、來，要娶我的女兒來，你們到底是醫生，還是辯護士（律師）哪？」

凍霜仔棚這兩三年來，可以說全部的精神均放在挑婿的工作方面，但挑來挑去還是沒有著落。棚仔覺得這些事情比任何的差事都來得困難，因為對象是一個挑剔的大男人，要談條件又不是那麼樣的簡單，真是棘手極了。

棚仔選婿的對象，第一是醫生，其次是辯護士，現在這兩項都已落空。他已經不覺得醫生與辯護士是很重要，男方的經濟背景有無健全才是關鍵的據點。在這時候有人提起N市程仔景生的孩子，他覺得這樁親事還可以考慮，因為程家也是放高利貸的；而且那位孩子又是日本W大經濟系畢業的高材生。

凍霜仔棚已經不再去考慮其他了，他就著媒人積極進行這樁親事。沒有幾天，兩家也約好了相親的地點，那是在N市一家日本餐廳。

那天相親的狀況相當圓滿，因施大棚與程景生不久就要結成親家，一方面又是放高利貸的同業，他們把放利的話匣子打開了，大家都感到莫名愉快，無所不談；而那對將要成為夫妻的小傢伙，也不斷的眉來眼去，大有相見恨晚之慨。由此看來，這樁喜酒好像馬上就要吃到了。

在習慣上，這頓飯應該是男方要請的。惟程景生並不這樣做。他瞧到帳單記載著四元五角時，馬上向凍霜仔棚說：「棚仔哥，這頓飯共吃了四塊半，大家各來負擔一半怎樣？誰請誰都不好，這樣是不是各不吃虧？」

凍霜仔棚不覺為之一怔，並打著幾個寒顫，心裏有數的嘀咕著：「嘿嘿，奸伊三妹咧，真是天外有天，你程仔景生真有意要與我施大棚鬥法嗎？」但棚仔表面上還是裝著若無其事的說：「是，景生兄說得極有道理，我負擔兩塊二角五就是啦。」

這是極為有趣的插曲，好像什麼人都不知道這些事情的樣子。但很巧的，這家日本料理店的服務生是本地人；他把這段罕有的趣聞一伍一什的傳佈出去，成為鄉下茶餘飯後的笑柄。

兩位一毛不拔的大亨將要結成親家了，鄉下的人們都抱著很有趣的心情，來衡量著這樁親事的著落。有人這樣估計著：「凍霜仔棚是一個發酸又澀的刻薄漢，最了不起是拿了女兒的土，糊女兒的牆吧，聘金一定照收不誤。」

「大概不會那樣的刮皮吧？凍霜仔棚一共有八個女孩，頭一個如不慷慨一點，恐怕會影響著往後的生意。」聽到這段話時，大家都笑得人仰馬翻。

本來凍霜仔棚有意要多給女兒一些嫁粧，但想到程仔景生連一頓飯也要計較，使他不得不把將要伸出去的手再收回來。他認為這是程景生一種有意的挑戰，所以當他要嫁女兒的時候，就不得不精打細算了。

一方面程景生也在想：「你這凍霜仔棚是一個暴發戶，並不是透腳青（道地的）的世家，那裏會懂些嫁女的老規矩？」

兩個剛結沒幾天的親家倆，心窩裏已經各藏著一把利刃，互相不斷的窺探猜測。

結果呢，竟不出頭一個人所料，凍霜仔棚竟把男家送來的聘金分文不誤照收，真正把女兒的土，糊女兒的牆了。他只有給女兒一對金環，就這樣讓她空著手跑出了施家的大門。

凍霜仔棚這一決定真是膽大包天了，這一招會不會帶來不良的後果，他是沒有預料到的。

在鄉下有這樣的習慣，凡新娘子進了男家大門的第一夜，一定在長輩們會同之下，把新娘子帶來的箱子統統打開。這是要顯耀新娘子的嫁粧，但如果貧窮的新娘子就不高興這一套；惟事關湅霜仔棚的女兒，大家都持好奇心要來看她的箱子，看看箱子裏藏有多少鈔票，多少金塊。

開箱子的主持人是程景生的太太，她笑瞇瞇的呼喊著主要的婦人們進來看看新娘子的箱子。大家不約而同的喊嚷著：

「景生嫂這一遭可要發財囉，棚親家那般的有錢，沒有萬也有千，真是恭喜，恭喜。」

程太太也笑笑的說：「是啦，我早就不想讓親家給秀卿那麼多的嫁粧，反正我程家吃穿都沒有問題，多帶來一些錢財幹嘛？」

這時候，只有一個人不斷在提心吊膽，怕箱子打開以後，不知怎樣的下臺；那個人就是今晚的新娘子。

所有的箱子打開了，親家母的雙手在所有的箱子裏翻來翻去，也沒有翻到鈔票與金塊，真是失望極了。觀看開箱子的婦人都不敢再待在新娘房裏，個個都很掃興的拂袖而去。

那天晚上，新娘子一個人默默的坐在床頭，也沒有人進來打招呼，也沒有看到新郎倌程榮宜的蹤影。

新娘子一個人默默的在房裏過著新婚的第一夜，真是絕無僅有；這些都不是新娘子本人的罪過，凍霜仔棚才是不折不扣的罪人。

新娘子還是默默的坐在房裏，她連一個瞌睡都不敢打，只有聽到那位她將要喊他為爹的程景生拉高了嗓門在喊著：

「伊娘的老客兄，我的兒子是個經濟學士，我還怕討不到媳婦不成？才不咧，要嫁我兒子的小姐多的是。施仔大棚如要攀我程家的門戶，最少拿二甲水田地契、二千塊現款來，少一角也不成；不然的話，我程景生一定將這位新娘子原封不動的退回去！」

這些事情發生於女兒于歸初夜，現在離新郎陪新娘回娘家省親還有幾個時辰。凍霜仔棚得到了消息後，立即帶著二甲水田的地契與二千塊現款，氣喘咻咻的跑來程家。

他看到程景生一個人悶坐在那裏時，即裝著一副假情假意滿不在乎臉孔喊著：「親家在那裏忙些什麼？我昨天竟然忘掉了要給秀卿的東西，我為這些事情特地趕來，請親家笑納。」

程景生看到凍霜仔棚是帶來二甲水田地契及二千元現款時，也裝著不勝驚訝的鬼臉說：「哎唷，親家為什麼這樣的客氣，我程某吃穿那有問題呢，何必多此一舉！」

凍霜仔棚抑著一顆不勝氣忿的心，哀聲嘆氣的搖晃著。他在心裏反覆的嘀咕著：「我如不是為著這塊臭肉（女兒）終身幸福，何必向著這位鼻酸鑺（吝嗇鬼）叩頭？唉，賠錢貨生不得，駛破伊娘。」

自這事情發生以後，大家都擔心他們倆會不會就此結了怨，導致感情不能融洽。但這不過是一種杞憂，因為程景生與凍霜仔棚心中所繫者是錢財，如果兩個人的錢財都很雄厚時，兩家親戚之誼永遠存在；惟一旦一方財力有所崩潰時，那該是他們親戚關係宣告壽終正寢時候了。

凍霜仔棚不僅會做官，而且會為自己打著最精闢的算盤。他覺得這塊飯碗雖然夠強硬，但自己到底僅僅握有一張公學校畢業的文憑，再要飛黃騰達是不可能的；而那普通文官及格證書也是僅能充充委任官的職務而已。於是在五十五歲那年的春間，他就向上面請辭了，同時並獲文源部郡公賣品配銷主任的頭銜。

這把公賣品配銷處主任的椅子一旦抓到了手，可以坐享其利，保證能安安穩穩過著一生。那一陣子有人在說：「凍霜仔棚最有狗仔緣（日本人緣），沒有官做，還是照拿到了金飯碗。」

棚仔現在無官一身輕，他已經不要再擔心什麼，只要打開眼睛看看自己的財產膨脹就好。他在N市與K市的土地，當時是按甲數購進來的，但現在是按坪售出去，一坪最高價格曾售到十五萬元，他共有三十幾甲的地皮散在主要角落。你們想想看，凍霜仔棚將來會不會被鈔票壓死？

他一天到晚高興的翻看著地契，或是搬弄著放利的憑證。有時候嘰哩呱啦不停的講著日本語。到底是不是在罵人，還是只講著過過癮，據隔壁的猪哥仔伯說：「他是罵自己的孩子笨手笨腳，不會收集每月應拿的利息。」

凍霜仔棚希望自己能活到一百歲，但這些實在有點過份了：他平常把一個銅板打五百多個結，一角一分也不肯吃虧，那裏還想長壽。

他於八十歲那一年因感冒，再併發肺炎，沒有幾天就溘然長逝了。當他的生命垂危的那一剎那，還喊著獨生子到床前說：「萬有啊，東平仔那筆借款一定要如期收回，利息是一成，一角一分少不得，奧喝達呵（懂嘛)?」

他只有遺下這句如何搜括錢財的金科玉律，以外並沒再講些什麼。

【導讀】

林芳年是臺灣文學史上所謂「跨越語言一代」的作家，出生、成長於日治時期，國民政府來臺時他已經三十歲了。這一代人的文學薰陶大多來自日譯的外國文學，特別受到蘇俄和法國文學的影響，語言呈現托爾斯泰、契訶夫、福樓拜、莫泊桑的風格。本篇寫一個以放高利貸累蓄成鉅富，視財如命、唯利是圖，台語呼之「凍霜仔棚」的市井人物，作者沒有用譴責或諷刺性的語言做道德的批判或教喻，而是娓娓敘述具體的事件，以突顯人物的個性和作為。雖然是一九八〇時代的作品，這樣的人物仍然活躍在現下的社會中。

葉石濤

日本老師的地攤

【作者簡介】葉石濤（1925-2008）

臺南市人，一九六五年後定居高雄。中學時即開始小說創作，為臺灣重要小說家、理論家與評論家。葉石濤於白色恐怖時期曾被監禁三年，此外皆從事教職。一九六五年以〈臺灣的鄉土文學〉一文揭開臺灣鄉土文學論戰序幕，確立臺灣文學的主要方向。曾獲行政院文化獎、國家文藝獎、臺美基金會「人文成就獎」、真理大學「臺灣文學家牛津獎」、鹽分地帶文藝營「臺灣文學貢獻獎」等重要獎項。作品有散文、小說、文學評論等，以小說最豐富著名，如《西拉雅族的末裔》、《臺灣男子簡阿淘》、《紅鞋子》、《蝴蝶巷春夢》、《葫蘆巷春夢》，蔚為經典。論述《臺灣文學史綱》為臺灣人自己書寫的第一本文學史；二〇〇八年國立臺灣文學館出版《葉石濤全集》二十冊，二〇一二年臺南市政府設置「葉石濤文學館」。

日本老師的地攤

葉石濤

五月杪的某天下午，宮本老師的千金君子小姐特地打電話到我服務的小學來，約我在府城南邊的史蹟大南門城下見面。她說有要緊的事，必須跟我商量。光復後我去找過宮本老師好幾次。他是臺灣先史考古學的奠基者之一，我對臺灣先史時代的彩陶、黑陶跟大陸人種的關係有濃厚興趣，所以常去找他，聽他闡釋。他又是我州立二中時的博物教師。師生之間的感情可以說亦師亦友。光復後，他離開教職，又沒有了薪水。我有時帶點米或花生米之類的糧食去看他。有一次還發動了同學募捐了一筆錢送給他。當然這都是杯水車薪，發生不了作用。

君子小姐的電話，叫我覺得非常慚愧又不安。這一個月來太忙了，我竟沒去看宮本老師。也許老師家不知發生了什麼事呢。

光復已經快半年了，大南門的小徑已被一片荒草掩沒，唯有鳳凰樹依舊盛開著猶如火焰般的紅花。稀稀疏疏的蟬鳴如樂曲，預報炎夏的到來。我遠遠地看見在大南門那一羣龜碑下，撐著陽傘、穿著和服等我的君子小姐。戰爭中看慣了穿那乏味的燈籠褲的君子小姐，這次看到她一身斑斕色彩的和服，眼睛不禁為之一亮，頓時目瞪口呆，竟忘了去打招呼了。

「阿淘君，別這樣盯著人看好不好？叫我羞死了。」君子小姐忙不迭地用白色手絹擦著香汗淋漓的面頰說。

「對不起，我從來沒看過你穿和服，這是頭一遭。華麗之極！」我輕聲讚美了。

「你喜歡嗎？我會送給你的，反正我們也帶不走！」君子小姐用憂悒的表情說。

「笑話！我又沒老婆，要和服幹嘛呀！」我的意思其實是說，我們已經是中國人了，再也沒人願意穿和服來侮辱自己。

「不僅是和服，我們家所有的東西都帶不走了，大約再過一兩個月我們就被遣送回日本，永遠和臺灣告別了！」君子小姐黯然神傷地說。這也難怪，她是道地的「灣生」（在臺灣出生長大的日本人），除小學畢業時回去過日本一次之外，對自己故國很陌生。

「那麼快！」我只說了一句話，心裡也很難過。

「我家的書啦、衣服啦、小小東西，都要送你們做紀念品。此外有好多笨重家具想要賣掉。可是，不知怎麼賣。我決定要擺地攤賣掉。我爹說，你家附近有一塊空地，就是你家舊址，是不是可以讓我們去擺？」君子小姐用期待的眼睛看著我。

「這……」我躊躇了一會，這倒不是那空地有問題，而是不忍看見宮本老師一家人拋頭露面去跟人討價還價的緣故。

「阿淘君，這是我們日本人必須付出的代價罷了。我們以前太養尊處優了些。人生本來就是如此，變化無常的。」她誠懇地說。我看見她眼眶噙滿了淚水。

「好吧，那空地是我們家的。沒問題！幾時開始擺？我借一輛大八車（板車）幫你拖來。」

「天長節（日本天皇生日，四月二十九日）已經過去了，沒什麼黃道吉日啦。這禮拜天你有空吧，就定在這一天，好不好！」君子小姐毅然下了決心，而且伸出那潔白柔弱的小手緊緊地握住了我的手，表示她心裡無限的謝意。

禮拜天一清早，我就拖拉著從米街陶器商施家借來的大八車，顧不得鄰人好奇的眼光，一路用力拖到遠在「竹園町」的宮本老師宿舍來。說真的，我從來沒拖過這大八車，就像一隻牛一般套上橡皮圈拉著笨重的車，實在叫人受不了。這辛勞終於有了代價——看到宮本老師、師母和君子小姐忙著替我張羅茶水，君子小姐替我擦汗，那委屈早已消失了一半。

地攤擺好了以後，我看見宮本老師在烈日炎炎的下午，頭頂上只蓋著一條毛巾遮陽蹲著，美代子夫人和君子小姐用扇子替他搧涼的時候，我心如刀割，有刻骨銘心的不忍和無奈。我特地買了三頂竹笠，又泡了一茶壺上好的鐵觀音來到宮本老師的地攤。

「老師，早上賣了多少？」我問道。

「賣得不多。來問價錢的人倒不少。可是大家都很窮，好像都買不起啊！」宮本老師喝了一口濃茶，用悲哀的聲調說。

「您有沒有又送給人家東西了？」我從他的表情已猜到了一半。

「沒有啊！只有五六個漆碗，小孩吃飯用的，有個白髮阿婆買不起，我就送了。」宮本老師面不改色地欣然說道。

「老師，您這不是做買賣，而是做布施啊！」我帶有一點責備的意思說他。

「五六個漆碗算得了什麼？我們蒙你們照顧了五十年，這一點補償也是應該的。何況，那白髮阿婆很需要碗給她的孫兒們用啊！」宮本老師天真的說。

「宮本老師，你有沒有想到，有人是裝窮，存心揩油的？」我為老師的善良叫屈。

「那又怎樣？由它去。別把人性想得那麼醜惡！」宮本老師滿不在乎的說。

「是啊！只要我們賣成了一點東西，夠一天吃飯，能拖到遣回日本的一天到來就行了。」美代子夫人和君子小姐異口同聲地附和著宮本老師。

宮本老師好像覺得作為一個日本人，現在應該是贖罪的時候，所以他擺地攤的目的，似乎並不是要賺錢，而是儘量把東西白送給窮人。每白送人一件東西，他便覺得罪孽也減輕了一些。其實，他和大多數日本庶民一樣，對日本軍部的橫行跋扈和倒行逆施深惡痛絕。他常暗地裡告訴我們，沒有石油，沒有任何資源的日本軍部，跟擁有雄厚資源的米（美）國開仗，簡直是以卵擊石，荒謬透頂。所以日本戰敗的消息，對他而言，當然是國破家亡的悲哀，同時又是一份解脫——這何嘗不是救贖的來臨？

留台日本人似乎是分批遣送回國的。宮本老師擺地攤不到一個月就接到通知，輪到他們一家要離開第二故鄉臺灣了。那時候，他家已經家徒四壁，什麼也沒留下來；我猜，老師家的所有東西大多數是白送給人家的。君子小姐漲紅著臉給了我用包袱巾包的一大包東西。

「這是我送給你未來的太太穿的，希望你別嫌棄才好。」她羞答答的說。我只好默默地接過來，苦於把心裡的情愫隱藏起來。

在淚水和一片保重聲中，我送他們搭上前往基隆的火車。看到那一大羣默默地含淚瀏覽周遭景物，想把臺灣的一切深深地刻在心版裡的日本人，有說不出的感慨，這感慨裡已經沒有仇恨，只有憐憫和祝福而已。

他們的離去，使臺灣真正擺脫了五十年的殖民統治。

【導讀】

葉石濤也是「跨越語言一代」的作家，終戰那年他二十歲。他一九四三年自州立臺南二中（後來的南一中）畢業，先赴臺北在西川滿主持之《文藝臺灣》雜誌社任助理編輯，次年辭職回臺南開始擔任教職。本篇以第一人稱，寫「我」的日本老師因要被遣還，擺地攤處理家具等用品的過程。一九四六年國民政府開始遣還尚留在臺灣的數萬日本人，本文所寫應是作者親身經歷，其間流露對高尚人格的感佩，這是無關國籍，無關戰爭輸贏的普世價值。

黃靈芝

輔仔

【作者簡介】黃靈芝（1928-2016）

本名黃天驥，臺南市人，一九五三年後定居臺北。終生以日文寫作，主要作品為小說和俳句。一九七〇年創立「臺北俳句會」，至今期會不輟。其小說和俳句在日本甚受推重，在日本出版有小說集《宋王之印》（岡崎郁子編，日本慶友社出版）、《戰後臺灣日本語文學：黃靈芝小說選》（下岡友加編，日本溪水社出版），及《臺灣俳句歲時記》（日本言叢社出版）；在臺灣出版有《黃靈芝作品集》二十卷，及所編《臺北俳句集》四十三集。曾獲第一屆吳濁流文學獎小說獎、日本「第三回正岡子規國際俳句賞」、真理大學「臺灣文學家牛津獎」等。

輔仔

黃靈芝（阮文雅譯）

若是有人問：「這個世界上你最喜歡的人是誰？」輔仔的回答肯定會是西鄉隆盛。這就是輔仔。

還記得有一次，我從我母親那裡，而輔仔則從他的母親那裡，我們各自收到了一雙閃閃發光的溜冰輪鞋當禮物。我們立刻跑去鄰近公園的網球場，想要馬上溜溜看。我們儘可能地將輪鞋繫緊，試著勉力站了起來，但就在那一瞬間卻重重摔了朝天一跤。我和輔仔不同，雖然以前挺瘦小的，但相較起來屁股還算是蠻有肉的。這一跌，響起了叭達一聲，就彷彿壁虎從天花板上掉下來時一樣的聲音——至少我是這麼想的。雖然那時還沒來得及想到這點比喻，但當場倒是真的痛得不得了。接著我們又試了一次，然後果然又跌了一大跤。這下我跌怕了，所以就把輪鞋脫了，當作玩具火車般地嚕著把玩。但輔仔和我不一樣，他繼續好幾次好幾次地不斷嘗試。結果就在那一天之內，他已經學會溜輪鞋了。輔仔就是這樣的人。

輔仔是我的堂弟。他父親就是我父親的弟弟，我們倆其實只差了半歲而已。我們的家族還保有著傳統的大家族思想，在廣大的腹地上建了兩棟洋房，就這樣比鄰而居。我父親就只有輔仔的父親這個兄弟，兩家的關係非常要好，所以就連我哥和輔仔他哥、我姊和輔仔他姊、我和輔仔；我們從小就非常要好。

雖然如此，不知道什麼緣故，我們家的兄弟和姐姐都就讀於戰前城鎮北側的花園小學校，而輔仔他們家的兄弟姊妹則是就讀於城鎮南側的南門小學校。可能因為我們家族曾是這個城鎮上歷史最悠久的家族門第之一，不分配一下對任何一個小學校都說不過去吧。我們家就位在城鎮的正中心地區。

回想起來，大概是我和輔仔小學三、四年級的時候吧，因為那時正逢大我三歲的姐姐要升上女子中學，開始有了少女的樣子的時分——

那時，我和輔仔各有一台十八英吋的紅色腳踏車，每天從學校回來之後，我就和輔仔開始勤奮地練習騎腳踏車。

輔仔一如既往，非常努力地學騎，又加上因崇拜西鄉隆盛而很有膽識，很快就變得會騎了。所以呢，到後來雖說是練習，不如說是他教我騎腳踏車。但我總是畏畏縮縮的，輔仔於是從我的後頭推著我騎。摔一次、兩次倒還好，接二連三地摔跤後，跌怕了的我也就打住了當日的練習。不過，我這回倒也是挺熱誠的，隔天又開始不懈地從頭練習騎車。我哥和輔仔他哥都騎著黑色二十八吋的大人腳踏車每天往返中學。我也很希望能早日像他們一樣，抖擻地乘風而行。一段日子以後，我也漸漸熟練了起來，騎車時只要不去撞到行人和樹木，總算勉勉強強地可說是會騎了。但到了這個時候，輔仔早已可以放開兩手騎車，甚至可以邊騎邊耍特技、擺動身體，讓我對輔仔真是羨慕得不得了。

又稍微更加熟練之後，我的努力也有了回報，突然間變得拿手起來。終於我也可以獨自騎車通學了。約莫就是那個時候發生的事情吧，我還記得那時是冬天。

那一天，從學校回來之後，就看到輔仔在等著我。「喂！快跟上來啊！」我們——其實我根本還來不及放下書包，就揹著後背式書包跟在輔仔的身後騎。我們一頭鑽進了庭院當中，騎著腳踏車到處穿梭。在我們家的前院裡種著很多或高或矮的樹木，我們就靈活地在那樹叢之間來回騎車。奇怪的是，這回事倒是我比較在行，即便是三尺左右的樹間狹縫，我也能輕巧地扭身穿過。偶爾輔仔還會一不小心撞上樹幹。於是乎輔仔的隊長任務結束，總算輪到我領頭當開路先鋒。我們當時是這樣子的。

有一天，當我們如同往常這麼騎著的時候，輔仔突然這麼說了：「我今天學到了很有意思的東西喔！」問他究竟學到了什麼，原來是他發現一個方法，可以讓我們這樣的小孩也去騎二十八英吋的腳踏車。而那對於我們而言可是天大的新聞，因為那時正是我們開始對這種小台的孩童自行車感到有所欠缺的時候。看到哥哥們騎著二十八英吋腳踏車的英姿，我也經常想著，要是會騎的話該多好！首先，論速度那肯定不是同一回事。再者，如果騎大型車，在庭院裏飆車也就更有挑戰性了！

「欸！到底是什麼方法可以騎啊？」

我很想儘快學到騎那台大車的方法。但，輔仔卻總也不肯爽快地教我。

「嗯哼，別急嘛！」輔仔說著，又開始故弄玄虛的樣子。越是這樣，就讓我更想知道到底是什麼方法。

「欸！快教我嘛！」

「我是要教你，但我們現在沒有大台腳踏車也沒辦法呀！」

這麼一說也對，忽然間我想到，說不定哥哥已經從學校回來了。雖然中學比小學還要高上一階，但不知怎的卻經常比小學生還要早放學。

「你等一下喔！我回家看一下就來！你可別跑掉喔！」我再三囑咐輔仔後就馬上跑回家，從洋房的邊門進去之後，在內屋走廊的角落裡有個腳踏車的停車場。果不其然，哥哥已經放學回家，他的腳踏車早已經停在這裡了。我把自己十八吋的腳踏車停在一旁，又把書包掛在龍頭上，然後胸口撲通撲通地跳——簡直就像是偷車賊一樣的感覺——悄悄地將哥哥沉重的腳踏車牽了出門。

二十八吋的腳踏車意外地容易上手。我們把單腳插過腳踏車車身，與其說是騎，倒不如說是斜蹬著自行車。我們把那稱之為「橫騎」式。感覺好像突然變成了大人，我們特別得意，騎車四處亂晃。

不遠處看到輔仔的哥哥往回家的方向騎了過來。他已經在公所任職。

「已經到了這個時間了啊！」

邊這麼想著邊抬頭望向天空，日腳已稍微西偏，晚風吹來冷颼颼的。輔仔也從他哥哥那裡借了腳踏車來——這下兩台大車都到齊了。於是乎我們兩人的賽車比賽正式開始。

「預備……出發！」一聲令下，兩人就都開始向前直騎衝刺。我們家位於壽町，比賽的賽程就是從家裡向右轉直騎到車站為止。兩人都死命地踩，但論到自行車賽，輔仔怎麼樣都比我快捷得多。他傾盡全身的力氣拚命地踩踏板，簡直和車輪合而為一，連頭部都和車身左右共振，飛快地騎在我的前頭。

當我知道根本就不是他的對手之後，也就提不起勁和他賽車了。反正不管怎麼樣都會輸給他，索性徹底讓他贏個漂亮，所以這次我特意騎得很從容。輔仔時而回頭向我挑釁比出勝利的姿勢，但因為我實在騎得很慢，以致他不得不在途中停下車子等我。在壽町和清水町的十字路口附近我終於趕上了他。

「果然還是我比較快吧！」他一臉得意。

「才怪！是因為你的腳踏車好吧！」

這麼一說之後，「那，要交換比看看嗎？」被輔仔這樣一提議，我只好投降認輸。「不要，還是算了吧！」總之他與生俱來的運動細胞就比我的要來得發達，不過這也是沒辦法的事情。雖說是真的很令人羨慕，卻還不至於到令我心生不快的地步。其實呢，雖然他是我的堂弟，對我而言卻像是個英雄一樣；是我了不起的弟弟。

我們牽著腳踏車，從清水町的方向右轉。再稍微往前走，碰到一條鐵道，越過鐵道之後就看到一片草原。到了草原，就會看到一條平行於鐵道的羊腸小徑往上綿延而去。大概是行人頻繁來回往返，自然形成的一條捷徑吧。我們繼續沿著這條小徑往左而行，就來到了一條坡道的上方。

「啊，原來是這裡啊！」

在這段下坡道的盡頭，有條沿著鐵道橋底下延伸的柏油路橫亙著，路的那一頭應該有一間中學。有一次放學途中，我和山田曾在這一帶閒晃。我和輔仔上了小坡，俯瞰坡下的景致。有台牛車緩緩地橫越斜坡底下。

寒風從坡底吹了上來。輔仔的臉被風吹得漲紅。

我對輔仔提議：「喂！你敢不敢騎下這個坡？」這個坡是用水泥砌成的，寬約二米長約三十米；坡度相當陡峭。若是從這個坡上以橫騎式騎著二十八吋的腳踏車迎風俯衝而下，那該是多麼爽快的事啊！我想若是輔仔，肯定是辦得到的吧。果然，輔仔接口說：「好，衝下去吧！」，他立刻立好腳踏車，單腳踩著踏板站了上去。接著咻地一聲輕快地往下衝。直到那個瞬間，我才驚覺地大喊：「危險！」

那是因為輔仔的速度實在是出乎我意料地快，而且這陡坡是那樣陡峭，從這個陡坡能看見的視線範圍也就只有這個坡的寬度而已；萬一衝下去的時候，從側邊有人出來的話肯定會發生嚴重的擦撞。不僅如此，到那時我才猛地想到，坡底盡頭那端橫向道路的對面好像就是一條大溝渠。若從那兒掉下去可就慘了。但，一切都太遲了。輔仔已經瀟灑地以驚人的速度往下衝去。若是腳踏車生了雙翼，速度之快一定會連車飛上空中的吧。

但即使如此危險，輔仔簡直就像是敢死隊一般，繼續維持不動的姿勢向前衝刺。英勇得讓人生畏。

我大喊道：「喂！太危險了！」但我的聲音似乎追不上他的速度。其實，他幾乎已經——不，我話才出口他就已經完全衝到了坡的盡頭。幸好當時沒有人車從此路經過，但輔仔繼續以驚人的速度橫過馬路，向對面繼續衝去。

在坡頂上，一切都看得很清楚，我看到輔仔頓時慌張狼狽起來的模樣。他一定是察覺到馬路對面就是條橫向的大溝渠。說時遲那時快，他飛快地拽偏腳踏車的龍頭，車子立刻偏滑倒下，而輔仔被這力道甩了一圈，跌落下了溝渠。

我眼睜睜地看著這一切。從頭到尾我目睹一切的過程，整個臉色霎時鐵青。因為闖下這樣的大禍而害怕到不行。當下想到的頭一個念頭就是逃跑。但是我又強烈地感到我有著該救助輔仔的義務。就連素未謀面的人都不可能見死不救了，更何況慫恿輔仔往下衝的人就是我。我拉著腳踏車，一邊緊壓煞車儘可能趕緊滑下坡。（這時我明明就該把腳踏車丟在一旁，趕緊跑下坡去的，為什麼當時我卻沒有意識到這點呢？）

在我還沒到達坡底之前，有名中學生和一名男性，已經急忙趕到輔仔掉落的地方。我這才似得到了些力量，也或者是因為坡已快到了盡頭，我趕緊把自行車撇在一邊跑上前去。

頭一個前去探看的中學生馬上躍下了溝渠。另一位男性探著身伸長了手，幫著中學生將輔仔拉上來。這時候，已經有四、五個人靠了過來。

我跑下了坡道，卻不知怎的，就是沒辦法挨近輔仔身邊。可能因為已經有其他人幫忙救起輔仔，這成了我袖手旁觀的怯懦藉口吧。與此同時，大概因為害輔仔渾身是傷的罪魁禍首就是我自己，心中充滿罪惡感的緣故吧。又或者，另外還有一個理由，就是光想到輔仔渾身是血的悽慘模樣，就讓我害怕得不得了。我已經怕得渾身發抖、驚慌失措了。我把身子緊緊挨著鐵道橋下的牆邊，像個小偷似地從頭到腳都在發顫。很明顯我就是在逃避。另一方面我又對自己試圖逃避現實的怯懦、卑劣禁不住感到萬分羞恥。

我屏息著，緊緊注視著輔仔被扶上來，就僅僅只盯著那邊看。當時的我心下已一片茫然。

輔仔滿身滿臉都是泥濘，泥濘上又滿是鮮血。光看到他一眼，我就整個背脊發涼，恐懼至極。我反射性一溜煙地跑掉了。

然而，逃出幾步，不一會兒我又硬生生止住了腳步。畢竟不管怎麼說，輔仔是我的弟弟啊！何況又是我害他受傷的。可是，輔仔的模樣實在太悽慘了。所幸雙腳似乎沒有甚麼大礙，但他渾身爛泥烏漆抹黑的臉上，流著一道道鮮紅的黏稠血液，看來簡直就像是連惡夢裡都不曾看過的厲鬼化身。

理所當然輔仔應該是在哭吧，但遠遠看來卻又像是咧嘴在笑。我覺得這樣的輔仔看來更像厲鬼。他把腳踏車棄之不顧，就這樣走了過來。往回家的方向就只有一條路可走，那就是穿過鐵道橋下走到壽町，然後從那裏走上回家的那條路。可是輔仔一往我的方向靠近過來，我就忍不住往前逃，逃個幾步又立刻停下來駐足等輔仔。

暮色漸漸暗沉。那名中學生最初好像有意護送輔仔回家，但輔仔除了臉部以外沒有特別的外傷，所以似乎搖頭婉拒了對方的好意。路上圍觀的人們，都投以同情的眼光，目送輔仔一邊哭一邊慢慢踏上回家的路。

結果我還是害怕地成了縮頭烏龜。最大的理由還是因為，輔仔滿是血跡的臉實在太恐怖了。一方面可能也是因為，我不希望路上的行人們知道我是輔仔的同伴。被別人盯著看實在太丟臉了，而且我還是加害者。

回到了家，一進入大門，我馬上躲在一棵大榕樹下，等著輔仔隨後進門。連想也不用想就知道，輔仔踏進家門，其後將會引起多大的騷動。輔仔的母親會有多生氣呢？總而言之，眼下我唯一能做的事情就是躲起來。

輔仔終於進了大門了，我聽到了他的哭聲。雖然天色早已昏暗，但我卻看得一清二楚。輔仔全身——不只是臉，連整個背部都沾滿了血，然後全身都是爛泥巴。他連頭也沒回，就直直走進了自己的家。

我側耳傾聽，聽到輔仔的姐姐高聲叫喊道「哇啊！你是怎麼啦？」接著，就聽到輔仔哇地放聲哭了起來。可以感到他們家整個霎時吵吵嚷嚷了起來。我就連走進自個兒家門也做不到。我豎起耳朵，屏息以待。我看到姐姐跑到輔仔家去。我擔心害怕得簡直不知道該怎麼辦才好。而心中隱隱浮現了該負起責任的想法。只能一死了之了！最不濟也得被逐出家門了！

好歹也至少要受個像輔仔那樣的傷吧……我轉頭衝出了家門。

不知過了多久，我回到了方才的鐵道橋底下，輔仔的腳踏車正豎立在那兒。車頭嚴重扭曲，輪胎都變了形。然後相隔不遠的坡底下，我的腳踏車還橫躺在那兒。已經入了夜，路上幾乎沒有行人。風冷颼颼地吹，好冷好冷。

我的手上拎著一只鞋子，那是剛才在鐵道橋下撿到的，是輔仔的鞋子。

我一見到這只鞋，更是悲從中來。感覺好淒涼。肚子也餓了。

即使如此，我滿腦子還是想著非死不可。其實剛走到這兒的時候，打算要從溝渠一躍而下的，但當我站在溝渠邊上，看到那流經黑夜滿滿湍急的水流，就害怕得不得了。我根本沒有往下跳的勇氣。對於這樣懦弱的自己，我感到又氣惱又悲傷。

忽然間，隱約察覺身後有人，一轉過頭看到我的姐姐就站在下坡處。姐姐看到我倚在鐵道橋下的牆邊，馬上往我走過來。

「笨蛋！你怎麼會跑到這裡來啊！」

姐姐剛升上女子中學，她一向很疼愛我。透過姐姐的聲音，我察覺到了輔仔的事情大概是已經傳遍了全家吧。但即使如此，我還是沈默不語。姐姐拎著我的外套，看來是特意出門來找我的。我突然想起了臥病在家的母親。

姐姐把外套遞過來要我把它穿上，但我卻一手把外套給推掉。其實我是很想穿的，畢竟天氣真的很冷。而且我其實很高興看到姐姐來找我，卻賭氣地把她的手給甩開。不鬧彆扭情緒無法宣洩，我倔強地堅持不把外套套上。

「這樣子會感冒喔？」聽到姐姐溫柔的勸說，不知怎的眼淚都快要掉了出來。結果姐姐硬讓我穿上了外套，但我始終沒有開口。

「好了，我們回家吧！」

但我卻杵在原地動也不動。這時，有人騎著自行車過來，帶著狐疑的眼神打量我們，隨之呼嘯而去。因為被不認識的人盯著看很是尷尬，所以我不由得往前走了幾步。或許也是趁勢找台階下，往回家的方向走吧。我扶起倒在一旁的腳踏車，牽著它穿過鐵橋底下。鐵道橋的正下方道路地勢最低，兩邊各有向上的坡道。姐姐從身後把我往前推。因為輔仔的腳踏車整個摔壞了，得等到明天才能請腳踏車店的老闆來把車拖去修理。

街道上的路燈稀稀疏疏地亮起。姐姐似乎以為我會乖乖地直接回家去，然而我卻走向街燈闌珊的暗處，把腳踏車丟在旁邊逕自一屁股坐了下來。要是這麼輕輕鬆鬆地就被帶回家的話，實在有損男人的氣魄。姐姐頓時傻了眼。

「為什麼這樣耍脾氣呢？」姐姐俯視著我這樣說。

「好了啦，大家都在等著你回家！是乖孩子就趕快回家吧！」

姐姐牽著我的手要幫我站起來，但我卻不肯起來。我撥掉她的手說：

「姐姐你自己一個人回家！」

坡上寒風陣陣，令人冷得刺骨。從頭部上方某處，遠遠傳來汽笛的聲響。

「哎……」姐姐沈默了片刻，接著又這麼說了。

「快回家吧！沒有人會罵你的。」

姐姐指的當然一定就是輔仔的事情。不過現在的我，並不是因為害怕被責罵而不敢回家，而是發生了這樣的事情，我沒有道理可以若無其事地堂堂進家門。

我接著又說：「要回家的話姐姐妳自己回去啦！」

「那麼，小伸你打算怎麼辦呢？待在這樣的地方可是會被野狗咬的哦！這樣子也沒關係嗎？好了啦……」姐姐邊這麼說著，一邊伸手要把我倒下的腳踏車牽起來。我卻伸手壓住，出死力不讓姐姐把腳踏車牽起來。

「就說了姐姐妳自己回家去嘛！姐姐妳這個笨蛋！什麼嘛！明明自己也是小孩還裝成大人一樣！」

總之我當時一心撒潑撒賴。姐姐蹲坐在我的旁邊，不發一語。忽然間，我發現姐姐正在哭。

「幹嘛！愛哭鬼！沒事幹嘛哭啊！」

姐姐站了起來。

「小伸你這個笨蛋！乾脆被野狗咬死算了！姐姐要回家了！」這麼一說著，姐姐就開始向著壽町的方向走去。什麼啊，要回去了啊。我這麼想著。反正她待會兒就會再折回來的……

不出所料，沒過一會兒她就停下了腳步，然後彷彿在等著我跟上去。最後果然又折了回來。

「欸！你怎樣都不回家了嗎？」

我繼續保持沈默。姐姐一手用力地拽住我的手。我死命抵抗，這次索性躺在地面上。

「好！那姐姐真的要回去了！」

這次好像真的把姐姐給惹毛了，她頭也沒回地逕自往回家的方向走。我就這樣默默地目送著她。她走上了緩坡，接著又向左拐彎，那裡就是通往我們家的壽町的方向。我以為她一定會在那裡停下腳步回過頭來看我一下的。不過，姐姐這次頭也沒回地走了。

直到看不到姐姐的身影了——我用盡所有的力氣開始放聲大哭了起來。

【導讀】

出生於一九二八年日治時期的黃靈芝，一生以日文寫作，作品也是在日本獲有盛名後，才在臺灣被翻譯且流傳開來。他自己只以華文翻譯過一篇〈蟹〉，參加第一屆吳濁流文學獎，即奪得小說獎。本篇由阮文雅教授翻譯，登載在《鹽分地帶文學》第三十八期（二〇一六年六月號），內容寫一個少年在不小心闖了禍後的心理情狀。可能也是自傳性小說，對少年的個性和心理，刻劃深入，也有助於讀者了解日治時期臺灣富室的生活一斑。

張良澤

大西瓜

【作者簡介】張良澤（1939-）

彰化永靖人，出生埔里，現居臺南麻豆，筆名奔煬。成功大學中文系畢業、日本關西大學文學碩士，曾任教臺、日多所大學，現任真理大學臺南校區「臺灣文學家資料館」名譽館長。青年時期開始寫作，擅長小說、隨筆、評論，及日文作品之翻譯。著有《倒在血泊中的筆耕者》、《四十五自述》、《肝膽相照》、《臺灣文學與語言論集》等；編有《鍾理和全集》、《吳濁流全集》、《苦雨戀春風》、《立石鐵臣臺灣畫冊》、《日治時期繪葉書》等；對臺灣日治時期文學史料之研究整理，貢獻卓著。曾獲第一屆臺南市文學貢獻獎、臺美文化基金會「人文成就獎」等。

大西瓜

張良澤

西瓜的季節已經過去了。但是，爸爸卻從老遠的地方帶回一個大西瓜，爸說媽媽沒去旅行，所以才買了這個最大的禮物。

當爸爸和三輪車夫把大西瓜抬進玄關的時候，孩子們都呆住了，不知怎麼去幫忙；媽媽急忙從廚房裡出來，手都來不及擦淨，把圍攏的孩子們撥開，望望丈夫，又望望大西瓜，雙手疊在胸前，搖著頭說：「真大！真大！」

吃晚飯時。良弘才扒了幾口，便放下碗筷，獨自坐在西瓜前發楞；良光不認輸，生怕被二哥獨佔似地，也坐上前去；連平時吃飯數飯粒的百合大姊……還有小弟良明……還有百玲，都紛紛離開飯桌，圍坐在大西瓜旁邊。最後留下百華小妹妹，邊吃邊向爸媽瞪白眼，苦苦地嚥著飯。媽媽笑著在她背上划了划說：「去吧，妳也去吧，明天要多吃一碗。」

桌上碗筷零亂。爸爸已吃過了，但沒有移開座位，他面對著妻子和孩子們，默默地看著。媽媽還在清理剩下的飯菜，不能留到明天的，她都盡量吃下去。兩人臉上都呈著微笑。

孩子們不知在討論些什麼，只見良弘張開兩臂合抱西瓜，但怎麼用力也攏不合；良明把臉更換地親著西瓜，像醫生親熱地聽著它的聲音；良光忽然伸出右臂，大聲說：「來！看我的寶刀！」手掌在嘴前吹了口氣，在腳板上劃了劃，然後高高地舉起來，用力地劈下去，但是在接觸到西瓜的剎那，他卻輕輕地放下手；百玲、百華早就各壓著一邊說：「這是我的份！我的份！」

「都是你們的份。」爸爸站在後面說：「但是要等幾天才吃。」

「等天氣熱的時候。」媽媽補充說明。

孩子們本來就不敢企圖，也不敢相信真的要剖開它，所以他們並沒有失望。

於是，他們合力把西瓜抬到最沒有人走動的地方。

第二天，孩子們沒有忘記它，吃過飯或上學之前，一定要去摸摸拍拍才過癮。

第三天、第四天……都一樣，放學回來，就先看看大西瓜有沒有變了樣？偶爾兩小妹悄悄地翻著日曆，好像要從日曆上知道那一天是大熱天。但是，他們始終不敢向媽媽啟口。

在默默的期待中，過了一個禮拜。

當第二個禮拜日來到的時候，媽媽突然宣佈道：「今天要剖西瓜！」

「但是，」爸爸緊接著說：「大家要勞動服務，清除水溝啦、修理雞舍啦！擦地板啦、洗傢俱啦！……」

「太多了！太多了！」孩子們齊聲疾呼——不是反抗，而是興奮的歡呼。

「別忘了再一個月，阿姊就要……」

「出閣了！哈哈！」

有的向著正在剪裁衣服的大姊扮個鬼臉，有的唱起早在幾個月前就練好的「阿姊要出嫁！」

工作完後，兄弟們把大西瓜抬出來，不知誰在上面畫了一個老公公的臉，樂得兩小妹直叫：「西瓜公公，咚的隆咚！西瓜公公……」

爸爸拿來菜刀，媽媽取來盤碟，只有大姊沒有來；她坐在縫紉機前，正用心地縫製衣裳。

大家屏息靜待。良弘察覺大姊的眼色不對，知道她心裡有某些期待，於是阻止爸爸說：「不要剖，留著大姊出嫁時，拿來招待客人多好！」

「啊！對啦！」孩子們同聲贊成，他們把向前傾斜的身體收回來。

「其實，我早就這麼想，」媽媽說：「只怕你們等不得。這西瓜可以放很久呢！而且，咱們自己也吃不了這許多，是吧？」

於是，兄弟們又把西瓜抬起來，像抬轎子似地，邊搖邊唱「阿姊要出嫁」。

鞭炮聲中，一群客人帶走了大姊，爸媽含淚送到巷口；弟妹們卻沒有唱歌。

忙過一陣後，大家疲憊地坐下來，默默地想念離開的親人。

驀地，爸爸頓了一腳說：「啊！西瓜！西瓜！」

大家不約而同地「啊」了一聲。

「沒關係，」良光提議道：「留著大哥回來才吃。」

「嗯，快放寒假了。」媽媽想起大兒子。

「給大哥看看西瓜公公！」百玲拍手叫。

於是，在一段不算短的日子裡，大家只期待大哥回來，反而把西瓜忘得一乾二淨了。

大哥從臺南回來了。他離家半年還是老樣子，倒是出嫁才一個半月的大妹卻變得令他詫異不已。

不及讓大哥卸裝休息，弟妹們就拉他去見西瓜公公。

這一天總算一家人大團圓，所以爸爸決心要剖西瓜了。可是西瓜還沒有抬出來，大哥就遲疑地摸著腦袋，慢吞吞地說：

「慢著、慢著！我……我今天不渴……」

「嘻嘻！」百合笑了，馬上指著大哥的鼻子說：「我曉得你的鬼主意！」

「曉得什麼？」大哥皺皺鼻子。「我今天不渴，不對嗎？」

「別裝蒜了，你的女朋友什麼時候要來？說！說！」大妹很不客氣地揭穿了。

老大張口結舌。弟妹們一陣大笑。

「好，我坦白說，」老大招認：「她春節初二要來。請你們再等一個禮拜，行吧？」停一下，他拉長臉孔向百合妹說：

「你進步真快呀！當初要不是我，哼！看妳有親愛的粘先生？」

又是一陣哄堂哈哈。此刻，爸媽已在廚房。

過了初二、初三，直到初五，還沒有見到老大的女朋友來，媽媽天天問，她真想看看大學裡的女孩子。結果，連一封信也沒有。

「算了，不用等。」老大說：「她大概競選中國小姐去了！」

農曆初五，是鄉下人真正一年的開始。剛好大姊和姊夫也回來了，於是，大西瓜又被抬出來。

當弟兄們把西瓜放下的時候，裡面叫一聲奇怪的聲音，但沒有人注意到。外表仍是那般青翠，只是公公的臉有些模糊。爸爸動手，其餘的人都圍著等吃。爸爸真老練，先在上面劃幾條線，然後用力地切進去。弟妹們高興地跳起來。

一連切了幾刀，切到一半的時候，裡面滲出淡紅色的水，漸漸地，越流越多；媽媽趕快拿來大碗在底下接水，接了一碗又一碗，一連接了三大碗才停止。然後把西瓜用力掰開，裡面卻空無一物！

定神一看：星散的瓜子貼在乾癟的瓜瓤上，瓜瓤又像棉花似地貼在果皮下！

大家好像不相信自己的眼睛——這魔術變得太逼真了，想像中，那又沙、又紅、又甜的瓜，卻變成三大碗紅湯了！

「可惜！可惜！」媽媽拿起空果皮，現出無限悔意。

「放太久了，」爸爸想了想。「自從我去旅行到現在，有……哦！太久了。」

媽媽嘆了一口氣，向孩子們說：

「我們都這樣，好好的東西一定要留到壞的時候才吃。阿玲、阿華，你們真沒有口福。」

阿華依在媽媽的懷裡；百玲摟著爸爸的脖子；良弘、良光、良明並肩坐著，老大靠在他們背上；新夫婦站著相偎在一起。在一段沉寂的時刻裡，大家凝視著桌上的瓜皮，回想媽媽的一句話：我們都這樣，好好的東西……

最後，他們每人輪流喝了兩三口西瓜水；雖然，味道有些不好，但他們還是吃完期待已久的大西瓜，而且沒有一點浪費。

——發表於民國五十一年（一九六二年）四月二十九日聯合報副刊（二十三歲）

【導讀】

本篇主題是天倫之樂，家庭中的每一成員，都誠心誠意為他人著想。一粒大西瓜，單獨參加旅遊的爸爸買回來慰勞在家辛勤的媽媽，當然還有一群翹首父親歸來的孩子。大家都恨不得立刻品嚐，卻都為了一個又一個「親情」的理由，等著大姊婚禮、等著大哥回來……結果，西瓜都爛成汁了，雖然大家喝著西瓜水也有聊勝於無之樂，但媽媽一句「我們都這樣，好好的東西一定要留到壞的時候才吃。」暗藏對某種生活態度的批判，很發人深省。

楊青矗

鹽賊

【作者簡介】楊青矗（1940-）

本名楊和雄，臺南七股人，現居臺北。臺灣重要小說作家，曾至美國愛荷華大學參與國際寫作計劃。楊青矗出身勞工，深知民間疾苦，是臺灣首位為勞工發聲的作家，也熱衷政治，試圖進入政府體制以改善勞工生活，美麗島事件入獄四年，曾任臺灣筆會會長、國策顧問，成立「敦理出版社」。代表作有《在室男》、《工廠女兒圈》、《工廠人》、《楊青矗與國際作家對話》、《在室女》、《給臺灣的情書》等，此外，編有《台華雙語辭典》、《台語注音讀本》、《台語語彙辭典》、《臺灣俗語辭典》、《台詩三百首》等書。

鹽賊

楊青矗

太陽還很高，娘就叫我回家吃飯，要我吃了飯就去睡覺，今夜父親鹽場車鹽，要我去幫他看牛；好久以前我常常想看看人家半夜挑鹽是怎麼挑法，吵著要去幫爹看牛。

「倉庫籤[1]臭死了，我不吃了！」我摔開娘牽著的手又往外跑。

「不是倉庫籤，你舅舅昨天挑來的青蕃薯煮的蕃薯塊，又有鯽魚，爹早上在溪裏捉的。回來，快去吃。」

有蕃薯！有鯽魚！我眼睛亮了，口水都掉了下來。奔進家裏，盛好蕃薯塊湯，直著咽喉，一口氣灌完一碗湯。青蕃薯一塊塊鮮跳跳的，好甜，好甜。老早以前，吃蕃薯一點也不覺得甜，今天的蕃薯就像糖，大概是倉庫籤吃太久了吧？娘站在桌邊羨慕地看我吃，咕咕吞口水。不知怎樣，她的眼眶濕濕的，別過頭去，我還是吃我的蕃薯塊，好久好久沒有吃了。

平時只要娘一打開鍋蓋，倉庫籤那股臭味就隨熱氣冒出來，像用鋤頭翻攪垃圾堆那麼臭。我寧願吃給豬吃的蕃薯葉乾，也不去聞倉庫籤。娘再打我也不吃——粉粉碎碎的籤乾上摻雜白白的蛀蟲，像廁所裏吃屎的蛆，黃濁的湯總是噴不完的臭味。娘實在變不出別的給我吃，餓得受不了時，才哭著硬吞幾口。

我已記不起有多久沒吃過新鮮的蕃薯了，大概是從鹹水颱風過後起，七叔公說他一輩子活了八十幾歲，還沒有經過鹹水颱風，這一次實在夠慘；田裏種不活五穀，撈不到吃的，年頭壞了，老是鬧空襲，再加一個鹹水颱風，田種不成，工沒處做。別鄉收成的，都被日本仔收去充軍糧，糧食缺乏，物資管制，有錢也買不到東西，只好忍著吃倉庫籤配鹽水。我問他什麼叫鹹水颱風，他說：颱風把海水捲上空中下降成雨，海水落在田裏，五穀被醃死了，地上結一層薄薄白白的鹽，井水也是鹹的，不知道要

1 倉庫籤：抗戰時期，物質缺乏，日本人配售給臺灣農民吃的蕃薯籤，因長年儲存倉庫，腐蛀發臭。

多久田地上的鹹份才會消失掉。也有人說那是海水倒灌灌進田裏的。聽說這次的鹹水颱風，受害的只有我們近海的鄰近這幾個村莊。

爹回來了，一定是去水塘裏挖泥鰍，褲管捲得高高的，兩隻腿糊滿爛泥巴。娘打水給他洗完手腳後，叫他吃飯，早點休息，今夜另有別的工作。

爹在另外的一個鍋裏盛倉庫籤，蕃薯塊是特地為我煮的。

「爹，晚上去車鹽，牛餵飽了沒有？」我問。

「小聲些，你吃你的飯，別管閒事，讓警察聽到把你捉去打屁股。」娘壓低聲音罵我，向爹說：「最好不要給他去。」

「他總吵著要去，讓他去壯壯膽子也好——牛沒處拴，沒有分看著怕亂闖。」

「讓他學做賊？」娘白爹一眼。

「偷鹽，好幾村都有人偷，不算是賊，尤其是偷日本仔的。」

爹一口吃進半碗倉庫籤，我不知道他怎麼能吞下去。

也許是專意要跟爹去吧，爹一叫我，我一骨碌就爬起來，一點也不貪戀被窩的暖和。

我穿好衣服時，爹已掛好牛車了。夜浸在濃黑的黑塘裏，天空看不到一顆星星。

爹拉著牛摸黑走出村莊，走上馬路，牛蹄達達，車輪咕嚕咕嚕，北風搖撼木麻黃呼呼嗚嗚的旋轉著響，寒氣凜冽刺骨，一切都掉在黑海裏，一切都是黑。

「好冷，爹。」

「不要縮著身子，越縮越冷。」爹脫下外衣包著我。揚鞭在牛身上一抽，抑低了聲音喝牛。

村莊上一個一個挑著籮筐的黑影絡繹趕過牛車，有的黑影低聲跟爹打招呼，有的好像沒有看見我們這輛牛車似的就過去了。

「他們都是偷挑鹽的？」我問爹。

「是啊。」

「為什麼那麼多？」

「村子的窮人家大多是靠偷挑鹽過生活。」

「鹽沒有人的？」

「有，鹽民曬的，交給日本仔；日本仔的。」

大姨媽嫁海頭人，娘曾帶我到她家去，路中我所看到是魚塭和魚塭上高高的枯草；一望無際的鹽場，縱橫的壟埂隔成一塊塊四四方方的鹽田，有的曬乾了，一片白皚皚反射著陽光，有的剛引海水進去。數不盡的鹽像小山一樣堆得高高地，用麻袋蓋住。

「爹，等鹽車回家去，叫娘挑去換米。」

「你想吃米？倉庫籤都吃不飽了還想吃米！」

「為什麼現在沒有米吃，蕃薯也沒有？」

「日本仔收去充軍糧了。」

爹點火燒著一枝菸，那是向揀菸頭的人買來的菸扎兒，黑夜中菸頭燒得紅紅的。

「今夜會不會空襲？」我最怕空襲，在什麼都看不到的夜路上如果空襲來了怎麼躲？

「不會的，夜間不空襲。」爹吸著菸，菸頭的火光一亮一亮的。

空襲比吃倉庫籤更使我害怕。那天空襲警報，我偷偷跑到田野裏捉蟋蟀，土塊一塊翻過一塊，突然一群飛機在我的頭上出現，我嚇得亂竄。嗒嗒嗒……飛機好像要追我掃射，飛過去又旋回來。我跌倒了，掙扎不起來，頭上又嗒、嗒的響，爬、爬、爬。哭著爬。

「明煌，明煌！」娘瘋狂地在田野裏奔跑著找我，搶天呼地地喊著我。我嘶喊不出來，喉嚨像被什麼東西堵著。

娘抱著我衝進樹林，連滾帶爬滾入土窟裏。

「孩子，你嚇死娘了。」她緊緊摟住我。

「血！血！血！」我驚跳起來，地上有灘紅紅的血。

娘伸直腿，她的小腿肉裂開了寸來長，泉水樣地噴出血。娘臉色慘白，手堵住噴血的傷口，蹙著臉說：「沒有關係，中了彈我一點也不知道。」

娘的小腿包紮了十幾天，人家都說娘福氣大，子彈只擦過小腿肉，要是中上了要害，一定死翹翹了。過後我一聽到警報，眼前就出現娘小腿噴著血。

海風越來越大，隱約可聽到浪濤拍擊的聲音，這裏沒有木麻黃的影子，無邊際的黑；風吹魚塭岸上的枯草沙沙作響。

爹將牛車牽到一個低窪處，叫我好好看住牛。

「不要跑到高的地方去，海邊守防的日本兵看到了會開槍的。」

爹挑著擔子走向鹽堆去；鹽場在黑色中矗立一堆堆更黑的鹽堆。偷挑鹽的人躲躲藏藏地竄向鹽堆。

海風呼啦呼啦颱風似地吹著，冷刺刺地隔著衣服鑽入骨頭裏。我冷得發抖，躲在塭岸下，頭探上岸看閃閃避避的偷鹽者的黑影；挑著擔子，弓著背，不勝負荷地半跑著。

爹已挑來十幾擔倒在牛車上了，挑鹽的黑影一個個往回路走，偷鹽的只有爹用牛車拖，其餘的都回去了。

一道探照燈的強光像奔瀉的白河戳破黑暗，在鹽場及海岸上掃來掃去。

砰砰砰……槍聲震驚了黑夜的巨風。

唧——呦，廻音在空中繚繞。

稍停，爹慌慌張張挾著一個呻吟的人回到牛車邊來，我一聽呻吟聲，就知道是阿金嬸。阿金叔去年生病死了，留下三個兒子只靠阿金嬸做工作和孩子們揀蕃薯、雜穀過日子，我不知道她也摸黑來偷挑鹽。

博、博、博……腳步聲自遠而近，爹探頭張望了一下低聲說：「日本兵來了！」

他壓住我伏在岸下的草叢中，拍拍牛蹲下去，阿金嬸不敢呻吟了。日本兵走過後，爹撕下一塊衣服叫阿金嬸綁住傷口。阿金嬸說，子彈穿過大腿，痛得像刀割。

爹扶阿金嬸上了牛車再抱我上去，拉著牛從低窪處拖上石子路，牛拖不上，爹鞭繩猛抽牛背，自己也在車旁用力推。當牛拖上石子路時，爹和牛都上氣不接下氣地吁喘著。

爹一直鞭策牛快走，牛急急忙忙半跑著。阿金嬸痛苦掙扎的呻吟聲，在夜風中顯得十分悽愴。

走了一段路，阿金嬸不呻吟了，爹叫她，搖她，她都不答應，爹說：她昏過去了。

「喂！駛牛車的，將你的鹽留一半下來。」

木麻黃邊閃出三條黑影大聲吆喝，一道手電筒的黃光照向牛車。

「幹你娘，你們要鹽不會自己去偷？強盜！」爹破口大罵。

「鹽也不是你自己曬的，做賊偷來的，留一半下來。」一個黑影攔住牛，不讓牛走，其餘兩個一左一右圍住牛車。

「要死就上來吧。」爹倏地拔起牛車棚的木棍，對準拿手電筒的人一棒打出去，像打棒球珠一樣將手電筒打飛了，黃光落在木麻黃後的田野瞬即消失。

我嚇得抱住阿金嬸躲在車棚的角隅。

圍住牛車左右的兩人也拔起車棚的木棍跟爹撕打，黑暗中木棍的碰擊，呼應著野風響；天在旋轉，地在旋轉，木麻黃追木麻黃，黑碰擊黑，我迸出滿眼火金星。

爹跌倒在牛車上，木棍的擊打和惡罵停歇了。

三人中有一個劃著火柴，好幾次都被風吹熄，終於火柴在他們的遮掩下亮了。他們驚慌地看了看昏倒的爹，他的嘴角流著血，看了看縮在車棚角發抖的我，看了看一聲不響的阿金嬸，看了看雪白的鹽堆上一灘灘斑駁的血跡。

「那女人是怎樣的？」

「挑……鹽……中中中了日本兵的槍。」

「鬧人命了！」他們驚異地對望著，火焰被風吹熄了，三條黑影在黑暗中逃竄掉了。

「爹，爹，爹——」

我拚命地喊爹，爹什麼也不答應。

「爹，爹，爹——」

我哭了，摸摸爹的嘴，他的嘴還流著血，我想不出止血的方法，天這麼黑，風這麼大。

黑淵似的曠野死沉沉的，我渴望能看到農舍的燈火，只要有村莊我可以去叫門求救。但除了風聲的叫嘯和黑沉沉之外，什麼也看不到。

我看看天，希望天快一點亮；天無窮盡的黑，連一顆星星也看不到。

牛有氣無力地拖著車，風仍然震撼著木麻黃向我示威。

探照燈的強光掃過來，我現出一絲希望，希望能藉著那光看到村莊。而眼前出現一片陰森森的林投樹，林投樹下儘是橫七八豎的荒墳野塚，風在林投樹間嚎哭，探照燈掃過後我彷彿看到爹和阿金嬸坐在墳頭哭泣。

「爹，爹，爹——我要每餐吃倉庫鹺，再也不要讓你出來偷挑鹽了。」

爹仍然不答應！

路旁兩列搖撼的木麻黃，好像是無數鬼靈的化身，站在那裏叫嘯飛舞。

我怎麼回去呢？路不熟，天黑壓壓的，曠野死沉沉……

發表於新文藝月刊一六〇期，一九六六九年七月

【導讀】

楊青矗是臺南七股人，七股是臺灣著名的鹽鄉，也是人民生活普遍困苦的偏鄉，日治時期，人民挺而走險偷擔鹽，被日警追捕撲打的事，時有所聞。這篇小說，應是作者根據聽來的傳聞編寫。故事中偷鹽的人，不是被日警的槍

彈射傷，就是被想不勞而獲、黑吃黑的自己人打傷，處境悲涼。作者以一個孩子的口吻敘說，而這孩子，在經歷這樣的悲涼中成長，尤令人感慨和氣憤！楊青矗是臺灣書寫鄉土與勞工生活的重要作家，本文發表於一九六六年，和他多篇發表於這一時期的小說，成為鄉土文學論戰中，最具體有力的文本。

林佛兒

再叫一聲姊姊

【作者簡介】林佛兒（1941-2017）

臺南佳里人，為臺灣重要詩人、作家、出版家。少年時期開始寫作，十九歲即出版詩集，為林白出版社、推理雜誌社創辦人，曾任《推理》月刊、《鹽分地帶文學》雙月刊總編輯。移民加拿大時創辦加拿大華文作家協會，並任創會會長。曾獲第一屆葡萄園詩獎、中國文藝協會散文獎章、全球中華文化薪傳獎文學類獎、府城文學特殊貢獻獎。著有詩集《臺灣的心》、《鹽分地帶詩抄》、《重雲》等，散文集《南方的果樹園》、《腳印》、《心緩緩航行》等，長篇小說《島嶼謀殺案》、《美人捲珠簾》、《北回歸線》，及短篇小說集《夜晚的鹽水鎮》、《阿榮嬸的壞事》、《人猿之死》等十餘種。《美人捲珠簾》曾獲中國長篇偵探小說首獎。

再叫一聲姊姊

林佛兒

那個穿著一身舊卡其制服，臉色蒼白且有一種拘謹和畏怯的小孩，大約有十四、五歲。他蜷縮在座墊的空隙裏，疲倦地打著瞌睡。當他從昏睡中被列車長搖醒時，他大大地吃了一驚，萎黃的臉色露出惶恐和不知所措的表情。車廂頂的蒼弱的日光燈照著他，使他更顯得疲乏和營養不良。

「票呢？你的票呢？」列車長不耐煩地拖著單調而乾燥的聲音問。孩子恐懼而又急欲解釋，因此，他不但兩隻小手無意識地揮著，也口吃得很，腿不停地發抖，好半天，他才說出幾句斷續的，沙啞的詞句：

「我……沒……沒有票。」

列車長臉上脈絡立刻賁張著，他一隻手兇兇地指責孩子，幾乎要戳到他的額頭。

「沒有票要補票。」他憤怒地說著。便朝他旁邊的查票員使了一個眼色，他便繼續查票去了。那個查票員手裏拿著一冊長條子的補票薄，站在小孩的面前，居高臨下擺出一副不可一世的官僚面孔。

「你從哪裏上車的？」

「高雄。」孩子低著頭回答。

「到哪裏？」

「臺北。」

「那麼……」查票員說著竟垂下頭在計算票款數目。當他抬起頭時，他嘴裡也吐出一串冷冷的數字：「四十七塊五角……」

「我……沒有錢……」

查票員聽到孩子這麼說，彷彿被捶了一拳，怔了一下，猛地把補票簿拍的一聲合起來。

「沒錢？下一站下車。」他斷然地說，並且拉著小孩子走著。

「這裏是哪裏啊？」

「你這小混蛋，沒票乘車，還嚕嘛什麼？走！」

孩子轉過頭，把臉伏在車窗上，看著窗外，但窗外是一片漆黑，除了遠遠有幾朵明滅的燈光，使他感覺到火車在快速地前進外，他看不出一些足資辨明地方的標誌，惟有窗玻璃的那種徹骨的冰冷，及窗外的那片虛無。

「走，走，員林快到了，你要下車！」查票員拖著他，孩子連一點抵抗能力都沒有，他輕得像一隻紙鳶，使查票員毫不費力的便把他提離座位，孩子急得要哭出來。

「求求你……求你，讓我到臺北。」

「不行！」

坐在孩子對面的一個學生模樣的女孩，她一直看著這一幕無情的鬧劇。現在，她好像覺得有點過意不去了，放下書本，打開一只小巧別緻的小錢包，拿出一張五十元的鈔票，默默地伸過去，擋住查票員的去路。

查票員停下來對孩子的拉扯，他愣愣地瞪住她。

她平靜地說：

「我替他買票。」

查票員還是猶豫了一會，終於接過那張鈔票，一面轉過頭，對著孩子說：「算你好運，碰到一個好人。」

手續完了以後，查票員悻悻然地走了，這是一種奇怪的表現和表情。孩子現在安靜下來，他因為瘦，兩隻眼睛額外顯得空洞地怔忡著，他惘然地看著為他買票的女孩。

女孩溫煦地給他一個笑臉，然後拍拍身邊的空位，她說：「來！這裏坐。」

孩子怔怔地走動了幾步，在她的旁邊坐下，他有些微緊張地坐著，垂著頭。

「你叫什麼名字？」

孩子沉默不語。

「你叫什麼名字，告訴我。」她說著，一隻手撫著他瘦弱的肩膀。

「黃忠雄。」孩子低低地說，頭也沒抬起。

「一個人跑到臺北做什麼呢？又沒有帶錢？是不是跑出來的？」

孩子在啜泣的樣子，他的肩膀顫動著，頭垂得更低了。

「是不是跟媽媽賭氣了？」

孩子低低地哭起來。

「是不是……」

孩子猛然地仰起臉，臉頰上充滿淚痕，眼眶裏，蓄滿晶瑩的淚水。孩子委屈地說：

「我沒有媽媽，我要找媽媽去……」

起先女孩被孩子的悽切感動著；當孩子說出他沒有媽媽以後，她覺得她的心瓣在收縮，一陣熱流竄遍全身，因此她自然而又充滿憐愛的，把孩子的臉扳過來，抱入懷中，孩子不知是在她的懷中感到溫熱，抑或情感得到解放了，他像決了堤的奔流似的；在女孩的懷抱裏，盡情地哭泣起來，久久——

「你媽媽呢？她在那裏？」女孩問。

「在臺北！」孩子勉強止住哭泣。

「臺北？臺北那麼大，你到那裏去找呢？」

「嗯，我知道，她在大橋戲院！」

「戲院？她在戲院幹什麼？」

孩子坐正身子，把頭別過去，不說話了。

「為什麼不說話了，她在戲院裏幹什麼？」

「我爸爸說，她在做戲！」

「做戲？」女孩頓然明白過來，原來是戲班的戲子，可見這個孩子的家庭有些不對啊！

「那麼你爸爸呢？」

「在家！」

「家在那裏？」

「岡山。」

「那麼你跑出來找媽媽，你爸爸知道嗎？」

「不知道。」

「怎麼可以沒告訴爸爸？」

「因為爸爸不准，爸爸常常生氣，一提到媽媽，他就打我……爸爸恨媽媽……」孩子說著，又哭了起來。

孩子不說下去，女孩也知道什麼回事。孩子的爸爸和媽媽不歡，媽媽一氣之下跑了，這其中一定還有個壞人，因此爸爸記恨在心，孩子一提媽媽，爸爸就發火，因此打他。

問題是這樣一個小孩子，他怎樣在那麼大的臺北茫茫人海中，去找他的母親呢？她不免為他擔心。

「你很想念媽媽嗎？」

「嗯。」

「媽媽疼你？」

「媽媽一定疼我愛我的。」

「你怎麼知道，媽媽不是離開你很久了嗎？」

「嗯，很久了，可是我是媽媽生的，媽媽一定疼我。」

多自然和天真的稚子心靈啊，女孩心裏感慨著，她不明白做為母親的有這樣一個可愛的兒子，怎麼忍心離得開他，有什麼比擁有一個親生骨肉更值得驕傲和滿足呢？她真的不明白。也難怪，一個十七、八歲的女孩子怎麼會瞭解這個人間的險惡呢？況且夫妻間的恩怨，中年婦女某種方面的迫切需要，在某些人來說，這不是骨肉或道德等等所約束得了的。女孩所處的世界充滿溫馨，迷夢似的幻想多於殘酷的現實，她自然不明白的。

對於坐在旁邊的這個孩子，她是給予很深的同情和憐憫的，但她不知道該怎麼幫助他，她到臺中就要下車了，孩子到人地生疏的臺北，叫他怎麼去找呢？她忽然想起一件事，關切地問著孩子：

「你怎麼知道你的媽媽在臺北呢？」

孩子聽她怎麼說，從胸前的口袋裏掏出一張弄縐的小紙片，他說：

「有一個我叫他叔叔的爸爸的朋友，他從臺北回來，我問他，他偷偷告訴我的，他並且寫了這張條子！」孩子把那張紙條遞給女孩。

女孩接過來一看，紙片上祇寫著幾個歪歪斜斜的字：臺北，大橋戲院新快樂話劇團。

「他還告訴我，在臺北火車站前下車，坐十四號的公共汽車，到大橋頭下車，就看得到大橋戲院了……」孩子說了有些得意。但是他就沒有想到，他身上連一個錢都沒有，萬一找不到媽媽怎麼辦？

「可是，你身上沒有錢啊。」女孩提醒他。

「有，我有！」孩子在後褲袋裏一直掏，掏了半天，才弄出幾個銅板來，他在手心一算，「六元七角，」他說。

才六元七角，她真為他的天真感到可笑而又可愛，她心想，真是不知道天多高地多厚的小子啊，但她想到，這區區的六元七角，他可能存了好久才存起來的啊，她帶著好奇心想知道他一些，於是她問：

「你在家裏做什麼？」

因為這問得很突然，孩子有些訝異，他抬起一張圓圓的小臉，偏著看她，而那個問話的女孩，展著和藹的笑容，報以溫煦的目光，孩子才說：

「國民學校畢業後，表叔把我帶進一家印刷廠，那是臺南最大的。我在裏面當小工：印刷機把印好的紙翻過來，我要把它收整齊，而且我要隨時注意顏色不要過濃和太淡，和有沒有跳字，每天早上我比師父先到工廠去，把印刷機點了油，好讓它今天工作起來跑得快……哈，那種油是馬新油，不是我們吃的油……」孩子說得很高興，他好像又回到那快樂的工作中。

女孩聽他說得津津有味，她覺得那種工作一定相當有趣味的，她嚮往的。

「你一個月賺多少錢？」

「我們半個月發薪水一次，一次我拿一百多元，如果常常加班就多一點，」他說著看她一眼，「我是學徒嘛，我的師父一個月拿一千多哪！」

「你拿到錢怎麼辦？」

「交給爸爸啊，爸爸就給我五元或十元，爸爸平常很少給我錢的，有時候他高興，就爾偶給我一元或五角。」

多麼乖的孩子，她想到家中的弟弟，和他年紀差不多，一天十塊錢還叫著不夠，回到家裏，打開電冰箱，吃這個吃那個，撒懶，兇兮兮地像個王，書又唸得不好，假若這個孩子是他的弟弟，那不知有多好，她想。

「那你六元七角一定存了好久了。」

「我本來存了一百五十多元，但上個月我們工廠的一個半師父，他買了一部腳踏車，不夠錢，我借他了，所以我才剩下六元七角。」

「祇有六元七角你就要跑到臺北去了，如果你規規矩矩地買車票，到嘉義都不夠呢？」

「我鄰居有一個叫阿旺的，他比我大幾歲，每次到臺北去和回來，他說都不要車票。」

「你可不能學他啊，不買票坐車是犯法的。」

「可是我沒有錢，我又不是坐著玩的，我是去找媽媽的……」孩子說著又難過起來。

女孩想安慰他幾句，火車忽然停下來，她看著窗外，原來彰化到了。

「我不責怪你，」女孩說，「不過我到臺中就要下車，我不能陪你到臺北！」

「沒關係，我會照顧自己。」

聽，這句話說得多老成，她不免多看他一眼，他也用一雙智慧的眼睛凝視她。火車這時又開始它的行程。

女孩不聲不響地打開錢包，拿出一張五十元的鈔票，遞給他。

「這你拿去，我錢不多，不能多給……」

孩子馬上將她的手和鈔票推回去，聲音堅決地：

「不要。」

「帶著，萬一找不到媽媽，而且你那些錢根本不夠吃一頓飯，不要跟我客氣。」她說著，要把鈔票放進他的口袋。

孩子這時急了，把她的手一直推回到她的胸前，並且還按住不放：

「我沒有理由拿你這麼多錢，剛才你替我買車票，已經不知道用什麼來感謝妳了……而我到臺北會找到媽媽的，不需要錢了。」

「不要倔強，你不拿這錢，我會生氣的。」

「不要，我真的不要。」

女孩不哼氣，她用深沉的眼光瞧著他，後來孩子不好意思地垂下頭，

「我非常感謝妳，但我不能再拿了，請妳……」

她又把鈔票塞過去，孩子急得要哭了。

她覺得再這樣拉扯下去，會傷害到孩子的自尊心，因此，她暫時把錢收下，換了話題：

「我認你做弟弟好嗎？」

孩子突感意外，但他馬上展開笑容，欣然接受了。

「你看得起我嗎？」他問。

「傻孩子，我怎麼看不起你呢？」她輕輕地拍著他的頭，充滿撫愛地說：「那麼叫我一聲姊姊！」

把臉朝窗外，孩子反而不好意思。

「叫，叫一聲姊姊啊！」女孩有意逗著他。

「姊姊叫什麼名字？」他躊躇了半天，終於冒出這一句。

她這時才想起，自己的名字還沒有告訴他呢？她從皮包掏出學生證，翻開第二頁。

「你讀讀它。」

他把頭靠過去，看了一會，國語標準，聲音清楚地把她的姓名念出來！

「楊絹枝！對不對？」

「你好聰明啦！」

「那是學校裏教的。」

「我把我家的地址抄給你，你從臺北回來時，到我家來玩，或是寫信給我，知道嗎？」

孩子頻頻地點點頭，沉緬在一種他從沒有得到的關懷和溫暖裏。

本來黑壓壓的窗外，現在出現零星的燈光，絹枝一看，知道臺中到了。

「我很想跟你到臺北去找你媽媽，可是我要考試了，而且沒有告訴家人，所以不能，你自己要小心。」

「我知道！」

「找到媽媽時，替我問候她。」

「謝謝姊姊。」

「再叫一聲姊姊！」

「姊姊……」

絹枝立刻感動地抱住他，淘氣地在孩子的臉頰親了一下。

此時火車進站了，慢慢地在月台邊停下來。

「台中到了，我要下車，你自己小心哪，記住，無論你在什麼地方，記得給我寫信啦！」

孩子感到一陣難過，眨一眨眼睛，眼眶濕了。

「謝謝姊姊……」

「傻弟弟，難過什麼？找到媽媽就高興了，來，我要下車了。」她從放東西的架子提下一只旅行袋，看他一下，就要走了，他要跟著她，她連忙阻擋。

「你坐在位置上，把窗開起來，我下車後到窗口來。」

「上下車要小心，走路也要小心，見到媽媽……」

汽笛忽然響起，旋即又休止了，火車緩緩開動。

「來，再叫一聲姊姊。」

絹枝跟著火車走說。

「姊姊——」

火車開快了，他探出頭去，絹枝在淒迷的燈光下，慢慢地搖著手。

一下子火車駛入黑暗的市郊，轉了彎，他就看不到車站的月台了，他嗒然若失地坐下位置，在心裡輕輕地叫了一聲長長的姊姊。

他坐下坐位才發現絹枝遺下一本書，封面寫著「少年維特之煩惱」。孩子拿起來看，才翻開第一頁，赫然一張五十元的鈔票夾在裡面。

他看著那張鈔票。視線漸漸模糊起來。

孩子猛覺得一陣搖幌，人聲嘈雜起來，他無意識地動了動身體，然後又睡得更沉了。過了一會，有人在他腿上重重地踢一把，他一驚醒來。惺忪的眼神裡，他看到一個大漢站在他的跟前，歪著頭叫：

「臺北到了，你還不下車嗎？」

孩子看看四週，人已經走光，再看看窗外，天也亮了。他急忙站起，慌張地看了那人一眼，頭也不回地跑下車廂。

走出火車站，孩子不由得茫然了，這時已是早晨六點多鐘，車站前已經忙碌起來，上學的上學，上班的上班，火車站前流動著一片廣大的人潮。

他在噴水的圓環繞了圈，然後走到公共汽車站去。他在售票亭買車票的時候，詢問十四號車在哪裏搭，售票小姐或許由於忙，她顯得不耐，在裡面比劃一番，反而把孩子弄得更糊塗了。最後還是一個中學生，好心地把他帶到十四號車牌下。

「你到哪裡去？」中學生問他說的是國語，他勉強聽得懂，他心想，這個人是外省人，可是當孩子要以國語回答他，可就不簡單了，他口吃了半天，才說：

「我……我要到大橋頭！」

「大橋頭？」中學生複誦著，起初不明白，想了一會，「哦，是臺北大橋。那麼你上車的時候，最好就站在車掌旁邊，告訴她說你要到臺北大橋，她就會告訴你下車，懂嗎？」

孩子點點頭。

中學生再好奇地看他一下，就走了，孩子說了一聲謝謝，但那個中學生沒有聽到。

公共汽車兇猛地開過來，好多人一湧而上，把原本排在第三四位的孩子擠到外面去了，孩子氣在心裡，覺得這是臺南沒有的現象，他正想跟人們一擠，忽然發現前面一個門竟然沒人上車，他跑到前面去，可是門關著，他拍著門，拍不到幾下，門沒有開，窗口卻出現一張兇惡的臉孔。」

「後面人太擠！」

「擠，就是要你去擠啊，滾！」

他垂頭喪氣地又回到後面，但現在人差不多上光了，他偷了一個空隙，也就不客氣地擠上去。

一上車子，車掌就一直嚷著要他站到前面去，可是中學生的話響在他的腦裡，他一步也不敢離開車掌。

「你是死人嗎？叫你到前面去！」

「可是，可是我要到大橋頭……」

「我管你到哪裏去？」

「我第一次來，臺北大橋在那裡我不知道，所以，到了臺北大橋時你講一下，好讓我下車……」

車掌小姐看他土裡土氣的，是一個鄉下佬，白他一眼就不說話了，她剪了幾張票後，按了電鈴，車子發瘋般地飛馳起來。

車子走走停停，好一會兒，車掌小姐口氣生硬地告訴他臺北大橋到了。

他下車的地方卻是一所國民學校前，一個三輪車夫告訴他直走就可看到大橋戲院。

大橋戲院夾在兩條路的中央，是一幢舊的二樓建築，門前高掛著一些公演的劇團招牌。孩子看了半天，瞧不出有招牌寫著新快樂劇團的；他不免有些惶惑，猶豫了一會，帶著一顆有些失望的心，跨上戲院的大門。早晨七八點鐘，戲院裡沉寂像荒漠那般淒涼，祇有一兩個工人在慵懶地打掃昨夜留下來的穢物，戲院裡面的光線黯得像晚上。孩子走近舞台，他看見一個人爬上舞台上方的橫樑上，在扎著什麼東西，等一會，一幕布景從上面瀉下來，那人攀附著一根柱子，也跟著落下。

孩子趨上前去，他的身體剛好和舞台齊高，他踮起腳尖，仰著頭問那人：

「喂，請問一下，你們這有沒有一個叫芬芬的？」

那人走到舞台前，蹲下身子，孩子現在可以看到他是一個睡眠不足而又營養不良的青年人。

那青年好像聽不清楚，他反問著他。

「你找誰？」

「芬芬！」

「芬芬？好像沒有啊，不過這個名字很熟的，我想想看，」青年說著，做沉思狀，「啊，對了，她是新快樂的呀，他們昨晚上轉到埔墘去了。」

孩子的心隨即沉下去，他很不甘心地。

「昨晚上走了，搬到那裡去呢？」

「埔墘！」

「埔墘在那裡？」

「埔墘嘛，埔墘就在板橋那裡。」

「板橋又在哪裏啊？」

青年一怔，這個孩子怎麼回事？他想。

「芬芬是你的什麼人？」

「我的媽媽。」

「你從鄉下來找她的嗎？」

「嗯……」

「那麼我告訴你，你坐十四路汽車去臺北車站，然後到公路局搭開往板橋的車，你要記得，當車子過了一道長長的橋，像吊橋般的長長的橋，那一站就是埔墘，你聽懂嗎？」

其實孩子的心亂烘烘的，他的話雖然聽得懂，但未必記在心裡，可是，他仍然迷迷糊糊地點著頭。

那青年把他帶到十四路乘車站，送孩子走了。孩子費了九牛二虎的氣力，好不容易才摸到埔墘，那時已經中午了。

埔墘雖祇隔著一條河，倚靠著臺北市，但地方小得很，一家木造的戲院低低矮矮的，疲弱不堪地站在路邊，牆柱上飄揚著一面新快樂劇團的彩旗。

孩子在戲院問了兩個人，他母親便從後台裡跑出來，那時她嘴裡還嚼著飯，他們母子見面時，兩個人都驚呆了；做母親的不相信孩子從遠遠的家鄉來看她，一股母愛的天性，衝擊著她的心腔，她感到窒息，而那孩子覺得母親變了，和以前的母親完全不一樣，就是跟他想像中和夢中也完全不同，過去穿著樸素的母親現在變成花枝招展了，過去的萎弱現在容光煥發。

孩子並沒有欣喜感動而哭，他迷茫的眼神中看到擁抱著自己的母親的背後站著一個不高興的男人，當母親放開他，那人倏岔地問：

「他是誰！」臉上暴露不肖和兇惡。

他母親不敢看他，怯怯地說：

「家裡的孩子……」

那男人頭一甩，走了。

那晚上母親把他安排和一個管理道具的青年睡在一起，她的母親跟中午見到的那個男人睡。那晚上孩子一直做著惡夢，一直哭，一直想著家裡可憐的父親，他覺得母親已經變壞了，母親背逆父親，我決不能背逆他。

第二天大家都起得很遲，母親來叫他吃稀飯時已經中午十點多鐘了。

孩子很堅決地告訴他的母親：

「我要回去了，爸爸一定很想念我的……」

母親啞口無言。

「我覺得妳已不是我的媽媽了，爸爸不讓我來找妳是對的，我要說……我要說……我恨妳……」

孩子說著跑了，母親沒攔住，追到街上，孩子拚命地跑，拐了彎，沿著那條長長的吊橋，一路跑回臺北。

母親沒有繼續追來，孩子在當天馬上搭一班南下火車回去，在車中，他想起他的姊姊，但是他找不到那一本夾著他姊姊地址的書了。孩子傷心地垂下頭。

孩子回到家裡又和他的父親生活在一起，仍然回到印刷廠去。後來孩子唸夜校，半工半讀，日子漸漸消失，孩子漸漸長大。但孩子沒有忘記他的那個姊姊，雖然孩子把地址丟掉後就沒有再跟他姊姊聯絡過，但他想著她，每次搭乘火車，每次看見火車，青年的心中就映現他的姊姊的影子。他幾乎把所有對母親的感情都轉移到他姊姊的身上。

可是他卻和她失去聯絡了，這個由孩子成長為青年的人常想，常回憶，常感激著這個叫絹枝的姊姊，他相信一輩子也忘不了她的。

刊登於民國五十六年三月十二日《中華副刊》

【導讀】

林佛兒出身貧寒，小學畢業就做童工，十六歲發表第一篇詩作，也啓動他帶著夢想離開臺南翹家去臺北；這些經歷應是他寫作本文的背景。故事寫一個少年偷偷坐上火車，要去臺北找他拋夫棄子出走在劇團演戲的母親。車長來查票了，他身上只有不到十元的零錢，在將被趕下車的時候，一位高中女生替他付了車資。他到了臺北，也輾轉找到母親，卻了解一個殘酷的事實：母親變了，她身旁有個陌生、對他凶惡的男人。林佛兒的小說以情節繁複、文字妥善著稱，本篇對人情冷暖的刻繪著墨甚深，行文婉轉，值得咀嚼再三。

周梅春

天窗

【作者簡介】周梅春（1950-）

臺南佳里人，現居高雄，青少年時期開始寫作，早期創作以小說為主，兼及散文，後來更投入兒童文學。著有長篇小說《轉燭》、《看天田》、《暗夜的臉》等，短篇小說集《純淨的世界》、《夜遊的魚》、《天窗》、《黃昏的追逐》、《蝸牛角上的戰爭》等，散文集《歡喜》，兒童文學《奇妙的果樹園》、《仙女的彩衣》等十餘種。曾獲吳濁流文學獎、國軍新文藝小說金像獎、臺灣省政府優良小說甄選獎、高雄市文藝獎小說獎、臺南縣南瀛文學傑出獎等。

天窗

周梅春

何麗不再理會周遭任何人，包括摯愛的媽媽。

摯愛？妳也知道媽媽愛妳？

恍惚有人嚴厲指責她的不是。這幻覺，打國中開始，到處都是責備的聲音。爸媽老師以及所有長輩，到處都說她不對，說她逆道而行。穿耳洞，戴耳環，擦指甲油——瞧你們氣的。何麗根本不在乎，愛怎樣就怎樣。橫豎曠課後母親總有辦法拿到醫院診斷證明去補假；藉口，通通是藉口。大人忙著找藉口使事情合理化。何麗不要，從來不為自己找理由。三十七名就三十七名，沒甚麼好隱瞞。

昨晚媽媽拿著成績單由上而下尋找她的名字，抽著冷氣說：「倒數第二名。」

坐在沙發上抽菸的爸爸，搶過成績單看也不看一眼就撕個粉碎，脹紅臉彎下腰撿起拖鞋對準何麗丟過去；媽媽非但不攔阻還罵道：「早就該打了。」

何麗奔回自己房間，用力關上門，將一切謾罵都阻絕在外面。

隔天一大早，媽媽搭機飛往韓國，名義是經商，實際是跑單幫。臨出門媽媽還問她需要甚麼？彷彿忘記昨晚那一幕。何麗可是忘不掉。雖然從頭到腳無一不是舶來品。何麗每天到學校總會遭來同學羨慕的眼光，大家爭看媽媽為她帶回各國貼紙、文具和髮夾——不要，我甚麼東西都不要。

教官經常忍住怒氣瞪著她上色的指甲，有時灰色有時粉色，只要不是大紅色或黑色，教官已經懶得糾正；何麗那近乎冷漠不在乎的神氣，苦勸也罷，責備也罷；甚至記了一個小過又一個小過，何麗還是何麗，夾著彩色花蝴蝶髮飾的何麗。不能為這些小事天天罵這麼小的孩子啊！教官幾乎要放棄了。

何麗有許多死黨，一點也不寂寞；她們爭相喜歡她的舶來品，何麗願意跟大家分享自己的東西，那被爸爸視為垃圾的飾品全是媽媽自國外帶回來的；爸爸每次經過房間門口總要念兩句：也不整理，女孩子房間亂得像豬窩。

爸爸這樣罵時媽媽就插嘴，甚麼指桑罵槐啦，狗改不了吃屎等等。

「我教訓自己女兒，不要妳插嘴。」

「難道阿麗不是我女兒？」

「我罵她跟妳無關。」

「你以為我木頭，聽不出話中話？你老是說我不像個女人，不會煮飯做家事；你自己呢？」

「妳聰明能幹，有本事就不要回來。」

一場火爆場面就此展開，何麗總是驚嚇不已；尤其是半夜，被爭吵的聲音驚醒後，何麗睡不著，在闇夜裡被孤寂包圍，感覺好難過。

「都是妳啦，」媽媽常抱怨：「是妳把我手腳捆住，想做甚麼都不行。阿麗，爭氣點，把書念好，要不然我的犧牲都白費了。」

為了媽媽，何麗曾經努力，徹夜不眠苦讀；也曾經立下重誓，非把書念好不可；偏偏腦袋不聽使喚，老是飄到很遠很遠的地方，想從前，想往事，想爸媽爭吵後，媽媽離家出走，然後不到一個禮拜就回來。

「我跟妳爸情分斷了，我是因為妳才回來的。」好像故意說給坐在一旁，被煙霧籠罩看不清臉上表情的爸爸聽。

那一夜，何麗以為媽媽會來陪她睡，沒想到房門一關，爸媽又睡到一塊。

大人真是不可理喻，拿吵架當家常便飯；何麗不懂，為什麼非吵不可？

「吵架是另一種溝通，我不吼出來，妳爸怎麼知道我心裡想甚麼？」媽卻說：「有一次鬧離婚，就是累了，不想吵。那才叫絕望，妳懂不懂？」

何麗跟媽媽很親，媽媽經常在大吵後孩子般無助地望著她。「媽只剩下妳了，阿麗，妳一定要爭氣。」

「您跟爸爸是因為我才吵架的嗎？」

何麗曾經這樣問。爸不語，媽想了想說：「對，妳好好念書，我們就不會吵架。」怎樣才能把書念好啊！何麗覺得自己身上揹負的重量足足有千萬斤重，她覺得，再不出去走走，真的會窒息。於是，她決定像媽媽那樣，離家出走。

勉強上了一整天課，下午放學，照例要到學校對面補習班補習；初冬黃昏，暮色來得早，陰暗暗有幾分蕭瑟；自從上國中，何麗很討厭補習，問媽媽不補行不行？卻說：補了都這樣，不補不是更慘？

再慘也慘不到哪去了。

何麗並沒有直接上補習班，她在街道穿梭，下班放學的人潮很多，就在轉角地方，一聲巨響，出車禍了，一輛疾駛機車撞上腳踏車，發出驚人的碰撞聲。何麗定眼一看，摔向馬路中央的不就是班上同學汪秀秀嗎？

「流血了！」

殷紅的血自秀秀手臂流出，何麗上前將她扶坐起來，秀秀驚魂未定，瞪著一雙大眼許久說不出話來。

不久，救護車來了。「我陪妳去。」何麗義不容辭。

醫院裡秀秀接受傷口檢查和包紮；醫生摸摸她的頭問：「頭痛不痛？」秀秀茫然地搖頭。「先躺著休息，我替妳安排腦部攝影。」

機車騎士留下電話號碼就走了。何麗坐在椅子看著秀秀，此刻兩人十分親近，但其實，在班上，秀秀是公認的好學生，成績優異，深度近視透過厚厚鏡片永遠一副睡眠不足的樣子，因為時刻都捧著厚厚的書，連開口說話都懶，大家給她取了一個木頭的綽號。

「抱歉害妳趕不上補習。」秀秀一臉歉意。

「沒關係！」書包裡藏著一套便服，還有從豬公錢筒挖出來存了將近一年的錢幣，打算離家出走的呀。但是，沒有目標沒有去處，秀秀這一撞，看來計畫得緩一緩了。「妳好像很不喜歡說話，在班上，女生們都吱吱喳喳，只有妳，從來不跟我們說話。」

秀秀不好意思地笑：「我不知道要說甚麼。」

「啊？」何麗不懂她的意思。

「我甚麼都不懂，妳們談的藝人啦，歌星啦，我全不認識，」

「妳不看電視？」

「很少，我只看動物頻道，上國中後也少看了。」

「你們家未免管太嚴了吧。」何麗聳肩。

「沒辦法，」秀秀苦笑：「我媽要我念到博士，我實在不敢想像真的會有那一天。」

「妳是我們班第一名，將來說不定成了博士；像我，也許國中都畢不了業；我媽巴望我念個大學，她老是說：阿麗啊，只要妳考上大學，隨便哪一間都行。我就是不想念書，把整個世界許給我也沒用。」

「妳不怕她失望？」

「有甚麼辦法？我不是讀書的料。」

「我很怕媽媽失望，」秀秀皺皺眉頭。「頭有點痛，可能昨晚沒睡好。」

「為什麼沒睡好？」

「為了今天的數學小考，我一直演練，太晚睡了，頭好暈，難怪跟人家相撞。」秀秀吸了一口氣，開始喊頭痛。

「會不會撞到頭了？」何麗有點緊張。

「我想回家，妳送我回去好不好？」

「妳媽媽應該快過來了，等等醫生還要檢查不是嗎？」何麗一邊安撫秀秀一邊通知護士小姐。

醫生很快過來，問說：「家長呢？」

「應該快到了。」何麗害怕得喘不過氣。

秀秀的媽媽衝進醫院那一刻，秀秀正好暈過去，來不及看媽媽一眼就失去意識。

「快點醒來吧，孩子。」

坐在加護病房玻璃窗外的椅子，汪媽媽一夜之間白了頭髮，瘦削的臉掛著淚痕，雙手合十，不停禱告。

動過腦部手術昏迷不醒的秀秀，躺在加護病房靠各種儀器維繫脆弱的生命。「為什麼會這樣？為什麼？」幾乎無法忍受這突來的變故，汪媽媽憔悴驚惶，無助地望著剛放學就來探望的何麗。

何麗是秀秀車禍的見證者。

「剛開始還好好的，跟我說著話呢。」

「說甚麼話？」

「她說將來要讀博士，說這是汪媽媽對她的期望。」

「還說做夢都怕考試沒考好，讓汪媽媽失望。」

「這孩子！」汪媽媽輕聲嘆息。「我其實都用鼓勵的方式，以為……

沒想到她這麼在乎。」

汪媽媽透過玻璃窗，遠遠望著女兒被繃帶包緊蒼白瘦小的臉說：「我本來打算讓她苦個六年，上大學就四處帶她到處遊玩；現在看她躺在那不知痛不痛？苦不苦？怕不怕？我寧願她快快樂樂過日子，也不要她考第一名；寧願她醒過來，也不要她讀博士。」

秀秀昏迷前那一絲小小的憾意彷彿寫在臉上，就連昏迷看起來也是有所遺憾。汪媽媽的話秀秀妳聽見了嗎？其實做媽媽最大的期望是孩子的平安啊！

何麗慢慢後退，退到走道盡頭，轉身下樓；此刻，不知為什麼，她渴望投入爸媽的懷抱告訴他們，我知道了，您們的期望只是一個目標，有無達成並沒有那麼重要，重要的是我要好好過日子。

生命的窗口就在觸手可及的地方，只要我們願意，舉手之間，這一片天窗就會有陽光和雨露，永遠陪伴著我們。

【導讀】

本篇以一位國中少女的視角，探討關於「自我」、「家庭」、「婚姻」的議題。故事中的小主人翁何麗，極力想透過不在意成績、奇裝異服，來彰顯自我的存在；帶出這個現象背後是父母親感情失和，偏偏大人又把過錯推諉到孩子身上。這是一篇切中時代社會現實的小說，作者還安排了一個與何麗對照的角色——成績優異的乖乖女秀秀，透過二個人的心靈交會，文末何麗對親情和自己的責任的體悟，也是作者苦口婆心希望讀者體悟的吧。

楊寶山

抓蛇紀事

【作者簡介】楊寶山（1961-）

臺南楠西人，臺南師專、臺東大學兒童文學研究所畢業，擔任教職。青年時期開始寫作，曾參加耕莘文教院小說寫作高級班。創作以小說、兒童文學為主。著有短篇小說集《我家住在噍吧哖》、《那天下大雨》、《我的學生鄭吉祥》，童話集《兩個好朋友》，童話《公雞阿歪嘎嘎嘎》等。曾獲聯合報極短篇小說獎、中央日報文學獎、南瀛文學新人獎、臺灣新聞報西子灣文學獎、西子灣副刊年度最佳小說獎、府城文學獎、臺灣省兒童文學獎等。

抓蛇紀事

楊寶山

爸爸將米袋紮在李明腰部，拍拍他的肩膀，轉身，往竹影掩映的小路走去。

李明小跑步跟在爸爸後面。爸爸的腿長，步子大，他刻意放慢步伐，好讓李明不用追得太累。竹子在風中發出「答啦！答啦！」的聲音，好像在叫李明快點跟上；有時卻打瞌睡一般長長的「咿——哇——」一聲，又像在告訴李明：慢慢來，走那麼快幹什麼？

「爸爸，我們要去麻竹坑嗎？」李明一邊趕路一邊問。雖然他已經知道了，他們今天要去的地方就是麻竹坑，去那裡的目的，就是要看看能不能再發現前天爸爸看到的那條蛇，李明還是要故意問一問，好讓爸爸多說一些有關抓蛇的話題。離爸爸有一段距離了，他必須放開喉嚨喊，聲音有點喘。

「嗯，」爸爸轉頭，看李明落後了一段距離，停下腳步說：「去看看那條大蛇會不會再出現。」

李明趕上爸爸，額頭微微冒汗。他挪一挪腰部的米袋，以為可以休息一下，正尋找路邊是否有可以坐的石頭，爸爸卻又邁開步伐。

李明只好跨大步跟上去。現在爸爸走得比先前慢了，李明可以跟爸爸保持三、四步的距離。他的腳追著爸爸的步子，問：「蛇經常會在那裡出現嗎？」

「不一定，如果受到驚嚇，牠就不會在同一個地方出現。現在天氣暖和，蛇可能會出來曬太陽，我們走快一點，但是等一下我們動作要輕一點。」

李明加快腳步。現在他已經很接近爸爸了，他將眼光放在爸爸的腳上。爸爸的大腳板套在雨靴裡，像兩片船槳，不停往前划。

「爸，那條蛇，很大嗎？」李明已經聽爸爸說過前天在麻竹坑看到大蛇的事，已經見他雙手在胸前比個圓圈描述蛇的大小。但是他還是希望再聽爸爸說一說那條蛇。

爸爸重覆前天說過的話：「像你的腿那麼粗。」前天，爸爸告訴他這件事的時候，他拉起褲管看看自己的腿，試著用雙手握大腿。雙手的食指和拇指剛好可以環握膝蓋上方。他把手指拿到胸前比劃，看看蛇的大小。爸爸看了看他的手指圈出來的圓，說：「還要大一點。」

「你前天說比我的腿還要大一點。」

「嗯。」爸爸加快步伐。李明有時小跑步，有時跨大步，緊緊跟著爸爸。

「爸爸，看到那麼大的……蛇，你怕不怕？」跑步時，說話不順暢，李明不得不停下來喘口氣，讓話夠大聲，讓爸爸聽清楚。

「怕？」爸爸停下來，轉頭看他，「有什麼好怕的？你要記住，蛇也會怕人，只要你不怕牠，你就贏過牠。」

「我知道。所以你說看到蛇一定不能害怕。」

「對，你會害怕嗎？」

「不會。」李明往前走，步子飛快，他要超越爸爸，走在爸爸前面。

但是爸爸兩三步跨過來，一下子就超越了他。他看著爸爸那一雙「槳」，一直划，一直划；沙土路面像輕輕湧動的海水，一直後退，一直後退。李明想：有一天，他也能像爸爸一樣，有一雙強壯的腳板，可以跨出那麼大的步伐。

有一天，他也能像爸爸一樣，成為勇敢的抓蛇人。

那天下午的事已經證實，要像爸爸這樣，不困難。

※

那天是星期五，下午第一節上課的鐘聲響了，在外面玩球的同學衝進教室，把一股熱氣帶進來。他們的衣服濕了，臉上爬滿汗水。許多同學還睡眼惺忪，無精打采的坐在位子上。

老師走進教室，抱著幾把鐮刀，嘩啦一聲，擺在講桌上。

「這節勞動服務，掃地區域的草長了，去割一割吧！」老師說。

有的拿鐮刀，有的拿掃把，有的提垃圾桶，沒有掃地用具可拿的，甩著手跟著大家走到掃地區域。不用老師分配工作，大家自動做起事來。同學們愛玩，總有人不時揮動鐮刀，試試刀片的鋒利度，聽聽刀刃和草梗瞬間接觸發出清脆的「啅！」一聲，或是踢踢地上的石頭、拉拉枝頭的樹葉。難免會碰到人或戳到人，呼喊聲、叫罵聲此起彼落。

突然傳出一陣驚叫，一群人驚慌奔逃。

「蛇！蛇！有蛇！」

聽到蛇，大家都停止手上的工作。有些膽小的女生驚呼慘叫。其實，她們只聽到「蛇」這個字，連個蛇影子都還沒看到呢！

「有蛇！真的有蛇！」

李明沒跟同學往後逃，相反的，他往前走。撥開水溝邊的雜草，果然看到一條蛇在地上爬行。同學們更害怕了，尖叫、呼喊，後退——李明一步跨向前，掃把柄搥擊下去，蛇蜷曲一下，要逃。李明更用力一擊，擊中蛇頭，蛇一下子失去逃跑的方向和力量。李明再打幾下，把蛇頭連脖子部位搗得稀爛。

「死了！」李明將掃把柄伸進蛇下面，挑起來。軟綿綿一條蛇在空中晃。

同學們有的驚慌逃竄，有的呼喊一、二聲後，又害怕又好奇的圍過來。李明將蛇挑高，讓大家都看得到。幾位女生，想看又不敢看，瞪著眼睛愣著嘴巴，手指緊緊摳住身旁同學的手腕。

聽到呼喊聲，老師趕過來。驚叫一聲：「啊——丟掉！快把牠丟掉！」

李明聽話，手一甩，蛇在空中翻轉幾圈，摔落地面。當然又引起一陣驚叫。

草草結束勞動服務。進教室，老師馬上進行安全教育。

「校園裡有蛇，很危險，你們到草地去的時候要小心。」

李明問：「老師，為什麼很危險？」

「蛇會咬人啊！」老師睜大的眼睛露出不可思議的神情，竟然有人不知道蛇很可怕。

「老師，那條蛇沒有危險啦！牠是草花蛇，沒有毒。」

「你怎麼知道是草花蛇？」

「我知道啊！我們常常去抓蛇。我會分辨有毒和沒有毒的蛇。」李明語氣裡帶著一絲得意。

老師忽然想到打死了的蛇需要埋起來才安全。李明自然是做這件工作的第一人選，幾個男生也自告奮勇來幫忙。

「李明，你真的常常抓蛇——你不怕蛇？」離開教室，同學們迫不及待的問李明。

「常抓，我當然不怕蛇，我爸爸是抓蛇專家。」

「你爸爸也不怕蛇？」

「當然不怕，他還抓毒蛇呢！」

他們選擇在圍牆邊，菩提樹下埋蛇。同學們拿鏟子挖洞的時候，李明持棍子挑著蛇站在旁邊。挖一陣子，抬頭問他：「可以了嗎？」

「不行，不行，還要再挖深一點。」那口氣，像工頭。

回到教室，老師還在進行安全教育。老師問他：「埋好了嗎？」

「埋好了。」

「埋得夠深嗎？」

「夠。」

「會不會讓貓、狗掏出來？」

「不會。」李明自信滿滿的回答。

「班長，去報告主任——還是我去說好了，一條蛇埋在校園裡面，實在不安全。」

「老師，」李明語氣裡有瞧不起人的意思，接著這兩個字說得有點不耐煩，「安——全。」

李明感覺同學們投過來的眼光帶著崇拜與敬意。

這些眼光讓李明很得意，李明覺得身體輕飄飄，隨便一陣風都可以把他托起來。他發現，在心中沉積了十天的鬱悶與悔恨消失了。

當然，如果再有十天前那種事情發生，他絕對會勇敢處理，不會再像三歲小孩那樣膽小了。

十天前那個中午，天氣炎熱。爸爸從山上回來，脫掉上衣，走下河崁，走進溪裡泡個清涼浴。媽媽在廚房煎香腸。她要到溪裡洗一把韭菜。

交待他：「看著火。」拿著韭菜，順手撈起爸爸脫下來的衣服，往溪裡走去。

香腸在鍋裡「滋啦！滋啦！」響，拿煎匙撥一下，香腸滾半圈，繼續「滋啦！滋啦！」響。

實在想不透，怎麼突然會變成這樣？鍋子「晃——」一聲，著火了！李明大吃一驚，喊：「爸——」

「爸——」

他一定喊得很大聲、很猛烈、很悽慘，他聽到一陣踩動地面的聲音，「蹦！蹦！蹦！蹦！」從溪裡奔竄上來。只一瞬間，爸爸出現在廚房門口。

爸爸抓起鍋蓋往火上蓋下去。

火熄了，連一陣煙也沒有。李明還驚慌未定，臉色青白說不出話。爸爸看看他，話還沒說出口，突然一個踉蹌，連忙扶住門框，抬腳一看，一股血從腳趾頭泌泌流出來。

從溪底到路面一段十幾公尺長的坡道，散佈許多尖銳的石子、樹枝、雜草，平時都得躡著腳小心行走。李明這兩聲催魂似的呼喊，讓爸爸不顧生命的跑，哪管得了腳底的危險？

爸爸一手扶門框，一手抓住腳掌，低頭查看傷勢。腳拇指指甲裂開一角，血從掀開的指甲下面流出來。他身體靠著門，放下扶著門框的那隻手，捏住裂開的指甲，扯下。他皺緊眉頭，撮嘴往傷口吹氣。抬頭，看李明一眼。

就是這一眼，讓李明滿臉漲紅，羞愧感一下子衝上腦頂，撞得整個腦袋嗡嗡作響。

他很氣自己，為什麼這麼慌張，這麼沉不住氣？鍋子起火，拿鍋蓋一蓋就好了。前不久消防隊的叔叔到學校做防火宣導的時候，有講過呢！發給他們看的資料還有畫圖說明呢！他還記得課程結束前的有獎徵答，問了這一題。當時他把手舉得半天高，可惜消防隊的叔叔沒叫他回答，讓他很懊惱。為什麼事到臨頭卻忘了？為什麼這麼簡單的事（伸手拿鍋蓋，一蓋，就解決了。）卻一點也沒想到？為什麼叫得像鬼抓魂似的？害爸爸奮不顧身衝上來！害爸爸受傷！

媽媽趕上來，慌張的問：「怎麼啦？怎麼啦？」眼睛盯著李明上下瞧。李明臉色一陣白又一陣紅，說不出話。

「沒什麼啦！鍋子起火。」爸爸口氣淡淡的說。

這淡淡的口氣使李明的羞愧感加深一層。要是爸爸也臉露驚慌，也楞著嘴三秒鐘說不出話，李明心裡會好受一些。可是他沒有。他到浴室換衣服，拿出消炎藥粉和紅藥水敷傷口。

那股羞愧，摻雜一些怨恨、一些氣憤、一些委屈，就這樣一直跟著李明，讓李明這些日子以來心裡老覺得虛虛的，沒勁。

現在可好啦！打死這條蛇，讓同學們刮目相看，讓李明揚眉吐氣。鬱積在胸口的悶氣都消散了，現在李明輕鬆自在，胸膛鼓著自信與得意。

那天回到家，李明特別想說話，特別想跟爸爸提一提有關蛇的事。他跟在爸爸後面，從廚房跟到浴室，從浴室跟到客廳，從客廳跟到庭院，將聽爸爸以及別人說過的，自己觀察的以及心中想像的種種有關蛇的事情，向爸爸說了又說，主要是想要讓爸爸也說一說種種抓蛇的奇聞趣事，好讓他增加一些有關蛇的知識。

爸爸頗有耐心，聽他說了又說，最後講了一句：「對蛇那麼有興趣，下次抓蛇的時候，帶你去。」

就是這一句話，所以有了今天這一趟抓蛇之旅。這可是第一次，千載難逢的好機會，打從昨晚跟他說定，他的胸膛就沒有停止砰砰跳撞。他告訴自己，把握機會，跟爸爸學習如何活捉一條蛇，下次蛇又在學校出現的時候，好好在同學面前露一手。

※

離開竹叢掩映的那一段路面，陽光一下子猛烈起來。李明頭髮發燙，額頭冒汗。爸爸那雙「槳」還是不徐不疾，一前一後的划著。地面經太陽烘烤，沙土乾了、鬆了、熱了。踩下去，半隻鞋子陷入沙中，熱氣從沙土鑽透鞋子，烘著腳背。李明抹去眼角汗珠，瞇眼看太陽，沒留意爸爸揮手叫他停下，差點撞上爸爸。

沙土路面一條蛇痕。

爸爸專注的往四下看。路右邊是一片草坡，沒有風，草不搖不動。路左邊，幾棵灌木雜草掩蓋著散佈石頭和坑洞的土地。

爸爸看一會兒，專心聽一會兒，沒發現蛇的蹤影。觀察蛇痕。蛇痕斜斜的劃過路面，有的地方窄，有的地方寬。

「往這邊爬過去。」爸爸指了指路左邊。踩上灌木叢邊緣一塊大石頭，專心再看看、再聽聽。

依然不見蛇蹤。

「是錦蛇，這麼大。」

李明模擬爸爸的手勢，用自己的雙手手指比個圓圈，對照地上的蛇痕。

「這麼大？」拿自己手指比的圓圈給爸爸看。

「嗯！」爸爸跨步往前走，「應該是住在草坡下面的石洞裡。等一下也許會回來。」

「那麼，等我們回來的時候，會看到二條蛇痕？」李明放開步伐跟上爸爸，回頭再看一眼蛇痕。

「嗯，如果牠真的回來的話。」

「那麼，我們就可以在另一邊找到牠了。」
「不一定，蛇通常躲得很隱密，我們不一定找得到牠。」
「如果牠出來活動，我們就比較容易發現牠。」李明說。
「嗯。」太陽熱，爸爸加大步伐趕路。
李明不跑步，但把跨步的速度加快，爸爸走兩步，他跨三步。這樣，他就大約跟爸爸保持一樣的速度了。
「爸！」要維持跟爸爸一樣的速度，李明最好不要說話。可是他還是微喘著問：「爸！你只要看到蛇痕就知道蛇有多大？」
「嗯。」
「就知道牠是什麼蛇？」
「嗯。」
「就知道牠往哪一邊爬？」
「嗯。」
「因為你很有經驗，你還曾經抓過像手臂一般粗的眼鏡蛇。」
「嗯。」

這件事，李明早聽爸爸說過了。他故意這樣說，是想讓爸爸把抓「眼鏡蛇王」的事跡再說一遍。

可是爸爸只「嗯」了一聲，不說。李明知道爸爸要趕路，現在不是說這些事情的時候。

其實不必爸爸再說一遍，李明早已將事情的經過記得清清楚楚。

那是爸爸年輕時候的事。那一天，爸爸跟幾位叔叔到山裡工作。中午吃過便當，正想休息。撥開樹下柴堆，柴堆下面赫然出現一隻眼鏡蛇把大家嚇一大跳。眼鏡蛇揚起頭吐著蛇信作勢要攻擊，驚慌之中爸爸手一揮，說時遲來時快，正巧抓住眼鏡蛇的脖子。那隻眼鏡蛇就讓他抓回家泡成一甕蛇酒。

「爸爸，看到那麼大的眼鏡蛇，你怕不怕？」

「嗯，怕。」

「但是你很勇敢的把牠抓起來。幸好你抓住牠，要不然可能會有人被牠咬傷中毒，對不對？」

「嗯。」

「眼鏡蛇被你抓住的時候，一直掙扎，一直掙扎，長長的身體緊緊的纏著你的——」

「啊！」爸爸突然喊一聲，箭一般衝出去。李明嚇一跳，定睛看，一條蛇橫過路面，鑽進草地。爸爸追過去，草被他踩得東倒西歪，一陣「啪！啪！啪！啪！」的聲音隨著爸爸的腳步響過去。

李明也跟過去。草大約有他的腰部一般高，草下地面高低不平，他跑不快。雖然只看一眼，一瞬間蛇就消失了，但是這一眼已經讓他看清蛇的樣子。是錦蛇，好粗，好長。李明立刻在腦海裡拿自己的腿跟牠比，比腿粗，真的比他的腿粗！這條蛇真的就是爸爸前天看到的那條，今天又被他們看到了。

果然是一條大蛇。

爸爸追了一段距離，停下來，眼睛盯著前方搜尋。前方是個斜坡，長滿芒草、刺莓，以及樹木。蛇鑽進裡面失去了蹤影。

爸爸不放棄，繼續搜尋。他甚至轉身對著剛才跑過的地方張望，懷疑蛇是不是還在後面，還沒爬這麼遠。

李明跟上來，叫聲：「爸！」

爸爸看他一眼。李明從爸爸的臉上看出惋惜與失望。他突然覺得愧疚，他認為沒抓到蛇是他的錯。能在路上看到蛇，這是千載難逢的好機會，可惜他們卻沒把握住好機會，眼睜睜讓蛇溜走了。

顯然是太大意了，要是剛才他不向爸爸問東問西，爸爸就能專心走路，就能專心留意四周的動靜，就能在蛇還來不及逃走的時候就把牠抓住。

他太多話了。他想，當一個抓蛇人，他連第一門功課都還沒學好。以後要盡量少說話。

他們回到路上看蛇痕。碗口一般寬，有些滑開的地方，沙子鋪平了，像一張數學作業紙。

「前天就是在這裡看到牠的。」爸爸說：「我就知道牠會再出現。」

李明不敢看爸爸，他知道爸爸一定很失望，他會氣他太多話，他會後悔今天帶他出來。要不然，這一條這麼大——起碼有十斤重的錦蛇現在已經落在米袋裡面了。

抬起頭，驚訝的發現爸爸臉上失望的表情不見了。沒有生氣，也沒有責備他的意思，只有滿臉汗珠。

「爸……」

「今天又被牠跑掉了。」

「爸……牠還會在這裡出現嗎？」李明話裡帶著贖罪的歉意與一絲期望。

「雖然沒抓到牠，追這一段，也夠把牠嚇破膽了，起碼一個月，不敢回來這裡。」

「那……」

「我們再去別的地方看看。」

※

午後雷陣雨說來就來。雷聲還沒停止，雨就劈哩啪啦灑下來。幸好附近有座山寮，李明和爸爸衝進山寮。衣服上面落下幾個雞蛋一般大的溼漬。

山寮位在一片芒果園中，園裡的草長到李明的腰部一般高，顯然園主人已經很久沒來整理了。雨灑在草地上，沙啦沙啦；灑在芒果樹上，答啦答啦；灑在山寮鐵皮屋頂上，啪啦啪啦。遠處的山景被雨絲織成的網子罩住，模糊了。

這場雨，把蛇都趕進洞裡躲藏，今天抓蛇的機會泡湯了。其實，今天原本有好機會的，可是……李明抬頭看爸爸，爸爸正看著雨中的山景。低頭問他：「冷不冷？」捏捏他的手臂，抓抓他微溼的袖口。

李明搖頭，「爸，我們今天……」

「嗯，今天沒抓到蛇。」

李明發現爸爸的頭髮濕了，有幾條水痕在臉上爬。是汗水？還是雨水？

雨來得快，去得也快。「答啦！啪啦！」一陣交響樂響過，就停了，只剩樹上和屋簷的雨滴滴下來，「滴哆！滴哆！」響聲由急轉緩。

「走吧！」

李明跟著爸爸往家的方向走。

唉！今天，第一次跟爸爸出來抓蛇，空手而回。李明看不出爸爸是否覺得失望，他自己可是很不甘心呢！腳踩進水窪，鞋子濕了大半，沾了泥巴。乾脆放腳踩去，讓它溼透算了。

※

一個影像閃進眼簾，腦子裡轟然一響的同時，李明脫口喊：「蛇！」

「蛇！」看清楚了，是條雨傘節！一陣麻慄感「刷！」的從頭頂罩下來。

「雨傘節！爸，雨傘節！」

爸爸也看見了。爸爸的手捏著李明的肩膀。李明感覺肩膀一陣疼痛。

一條黑白相間的雨傘節軟帶子一般在池裡游動。水泥砌成的圓形水池挖在地上，直徑約三尺長。這是農家泡農藥用的水池，水量不多，水面離池壁頂端約一尺長。

這是臺灣毒性最強的蛇。李明曾在書上看過，雨傘節的毒屬於神經毒，被咬到的人不會痛，只覺得癢癢的，所以往往沒去注意。等到毒性發作起來，一下子就呼吸困難，全身痲痺，送到醫院往往已經回天乏術。抓蛇技巧再高明的人看到牠都會懼怕三分。雖然如此，李明知道家裡儲藏室的櫃子上有一個玻璃罐裝的雨傘節蛇酒，內泡腳拇指一般粗的雨傘節五、六條。那是爸爸陸續抓回來放進去的。朋友來時，爸爸有時會抱出玻璃罐來炫耀一翻，倒出幾杯蛇酒和大家分享。

李明緊抓爸爸的手，小心跨出一步，估量個安全的距離，上身向前探。麻慄的感覺還在身上流竄。雨傘節游動速度緩慢，橢圓形的蛇頭劃開水面，盪出水波。水波凌亂，顯然還有別的動物。仔細看，是青蛙。

雨傘節游過青蛙身旁，青蛙一點也不避讓；而雨傘節絲毫不知道青蛙存在似的，只顧游。

雨傘節的頭貼著水泥牆壁，往上舉，再往上舉，身體慢慢高出水面。

李明後退一步，預備著必要時逃開。

雨傘節的身體繼續往上舉，舉到離池頂約一個拳頭寬的距離，突然

「啪！」落回水中，盪起幾道水波。

雨傘節隨水波晃了幾下，扭了扭，穩住身體。

「爸！」李明拉爸爸的手，看爸爸。他想知道爸爸什麼時候要出手。他想看爸爸如何抓這條毒性名列全台第一的蛇。

爸爸只是看著水池，沒有回應他。

雨傘節游二圈，停止不動。像是累了，停下來休息的樣子。青蛙也累了，也想找個地方停靠。腳蹼撥一下，再撥一下，游到雨傘節身邊，爬上去，蹲踞在雨傘節身上。雨傘節的尾部往下沉。

又一隻青蛙爬上來，雨傘節又往下沉一些。

雨傘節毫無反應，懶得理這些青蛙了。

「牠被困在水池裡。」爸爸說。

「爸……」

「一定是為了吃青蛙才進入水池的。現在，牠和青蛙都被困住了。」

「爸……」

爸爸看看李明，沒理會李明眼光傳達的訊息。

雨傘節又游動了。青蛙讓牠載一程，離開蛇體，踢幾下腿，游到池邊，找不到依靠，張開四腿攤著。

雨傘節再次頭貼池壁往上舉。李明的眼光在蛇頭和壁頂之間量距離。距離慢慢縮短。雨傘節的全身都在用力，試圖將頭和脖子貼住水泥牆，可是水泥牆面光滑，貼不住。牠的尾部抵著水，想幫忙支撐頭和脖子，可是水質又柔又軟，牠的尾部無處倚靠，使不上力。

「啪！」雨傘節再度落回水中。

這條落難毒蛇，已經被困幾天了？已經掙扎幾回了？想必現在體衰力乏，意志消沉，這是抓牠的好時機。

「爸……」李明再度拉爸爸的手。

爸爸搖搖頭，握著李明的手走開。

「爸，你不！……」

「嗯。」

「為什麼？牠跑不掉了。」

爸爸只把他的手握得更緊，沒有停下腳步。

雨後，空氣清新，山色明亮。水珠在野牡丹葉子上面輕輕滾盪。山溝裡的水趕著路，嘩啦嘩啦的聲音傳達它們激昂的心情。

蝸牛出來覓食，腹足貼著潮濕的地面，揹著殼緩緩前進。一隻鳥停在樹梢，叫聲：「咭——」飛離樹梢，停落另一棵樹上。樹枝搖動，灑下幾滴水珠。

李明心裡起個念頭，脫開爸爸的手，往回走。

拾起一段木頭，丟進水池。

「啪！」木頭打在水面，激起一陣水浪。雨傘節和青蛙都驚慌游竄。水浪平緩了，雨傘節還驚慌的游著。碰到木頭，突然觸電一般，一時之間牠好像弄不懂，怎麼突然出現這個奇怪的東西，接著牠頓悟了這正是牠需要的。牠來了勁，爬上木頭，身體往前游，游到牆邊，尾部還攀在木頭上。牠毫不遲疑的抬起頭，貼著牆壁往上爬。

李明看到牠爬的速度越來越快，越來越快。他覺得雨傘節的臉部有了表情——帶著興奮與激動的表情。

李明提著一顆心，嘴裡不自覺的唸：「加油！加油！」

蛇頭越來越接近池頂。當蛇頭終於勾住池頂邊緣的時候，李明彷彿聽到雨傘節嘴裡吐出一聲歡呼：「耶——」

提著的心落下來，接著胸口湧起一陣驚慌，他想：牠會不會往我這邊爬過來？

雨傘節沒有往他這邊爬。牠快速讓全身回到地面，快速前進，一下子消失在草叢中。

接著青蛙也爬上木頭，「啜！」跳出水池。

「啜！」「啜！」「啜！」四隻青蛙都離開了水池。池水漸漸平靜，浮在水面的木頭緩緩的晃著。

李明轉身，看到爸爸正對他伸出手。他握住爸爸的手，看爸爸。爸爸嘴角動一下，那是微笑吧！

走回路上，李明才發現，他的心跳得好快。他聽到心臟在胸膛裡鼓動，發出「砰！砰！砰！砰！砰！」的聲音。

轉過一個彎，看到迎面的山頂上方，雨後晴朗的天空中，跨著一道彩虹。

本文榮獲二〇〇七年南瀛文學獎短篇小說首獎

【導讀】

這篇小說是第十五屆南瀛文學獎首獎作品，作者在得獎感言中說：「故鄉山上的那條雨傘節，你可安好？十年前的那個夏日午後，我們在雨後邂逅……」然則這是作者根據童年時的一段經驗醞釀寫成的作品。故事以插敘方式進行，以交待前因後果。篇中作者塑造的父親形象，以及描寫的童真心靈，生動感人。而故事的發展，捕蛇的人反而給蛇生路，也啓人反思。

張溪南

我正在寫「張丙傳」

【作者簡介】張溪南（1962-）

臺南白河人，嘉義師專、臺灣大學中文系、中正大學中文研究所畢業，現任臺南市新營國小校長。青年時期開始寫作，以小說為主，兼及散文與兒童文學。著有小說集《慌城鄉奇》、《我正在寫張丙傳》，及受白河鎮公所委託編纂《白河鎮志》等。曾獲第三屆聯合文學小說新人獎推薦獎、第五屆臺灣文學獎、臺灣省新聞處尋根小說獎，及多次獲得南瀛文學獎、臺南文學獎首獎等。

我正在寫「張丙傳」

張溪南

張丙

張丙算是鎮上的人物，生於何時已不可考，只知他於清治時道光十二年起事反清，「一日破三關，二日殺府縣」是本地流傳甚廣的俗諺，說的就是他舉事之初的勇猛，轟轟烈烈，幾乎掀翻南臺灣；「殺府縣」的「府」指的是當時的臺灣知府呂志恆，「縣」指的是當時的嘉義知縣邵用之。連橫的臺灣通史中「張丙列傳」說他「世業農」，六〇年代的鄉賢徐春木任臺南縣志採集站員時，花了不少心力查溯，說他原是「魚販」，當代最具權威的民俗專家劉建銘證明卻是「游民」，某電視台把他搬演成反清民族英雄……反正人死了，說他什麼都好，總不會從土裡再蹦出來抗議。

有說張丙是我「客庄內」的人，到底是不是我先輩族人，尚且無法查證，我遍查族譜無所獲，村裡阿博伯說是，但因清治時涉「造反」，為免族人受株連，故將其除籍。公所邱秘書有天來找我，說公所要編寫「鎮誌」，要我考據張丙生平，編寫其傳記。

我愛寫小說，常有個奇想，小說作者有天若遇上了他虛擬而出的角色；也就是說，他編造出來的人物躍活紙上，和他碰頭，那將會是怎麼個局面？

「你為了創造缺陷的美感和淒美的情境，竟製造死亡，破壞了我們，你……你憑什麼……」

「你們是我創造出來的，我是你們的主宰！」

「屁！上帝都不敢出此狂言。」

…………

我習慣在小說情節中翻雲覆雨，心中老有預感會有如前述的那麼一天；那種心情，宛如作了虧心事的人擔心遭到報應那般。

只要訴諸文字，必然無法百分之百忠實傳達原事故。史事或傳記不同於小說者，有人說前者是實，後者是虛；也有人說小說雖虛，總虛出個幾分道理，傳記雖實，常實得令人翻胃。有位盛名的史學兼評論家終其一生，說出了這麼一句話：

「所謂歷史，除了人名、地名是實的外，其餘大部分是虛；所謂小說，除了人名、地名是假的外，其餘幾全是真。」

總之，基於以上理由，我一口回絕邱秘書。

「殺過豬的，殺起雞鴨總比較熟手嘛。」邱秘書打趣的說，直要我寫。

「不一樣啦。」我堅持不寫。

「好歹也可能是你祖先，你不寫誰寫？就為家鄉嘛。」就這麼一句話，讓我再想不出理由推卸。

「什麼都不必謝，希望你回去後能多為鄉里做點事。」多年前，一位大力幫我調職返鄉的朋友就只丟下這麼句話給我。

宿命吧？一切就好像我阿嬤常掛在嘴邊的那句話：「人的一切早就安排好囉。」

或許，我也只是別人小說中任人隨意擺佈的角色罷了。

祝美

秋菊的大姊祝美突然來找我，為的是秋菊男女感情的事。祝美姊已過三十尚未婚，青春痘長滿了臉，在銀行上班，我們極少碰面和談話。秋菊住隔壁村，是我小學同學，她們村和我們客庄內一樣，也是單姓聚落，但姓吳。我曾聽阿博伯說過，古早，我們倆姓還結過冤仇，互不往來，現在兩村的小孩常在一起玩，辦家家酒時，秋菊是新娘，我一定是新郎。至於以前結過什麼冤仇？我好奇的追問阿博伯，他老人家就會搖搧那把乾癟的檳榔葉頭扇子，牽動整身贅肉，煞有介事的說：「這講起來就話頭長……」但每次問他，總有不一樣的內容。

「我找過人算過她（他）們的八字，說秋菊前世欠伊的債，秋菊是要去還債的。」祝美姊說的事很玄虛，但表情卻很嚴肅。

「還債？」

對於祝美姊「不問蒼生，問鬼神」的「迂」，我有點不解。

「那個法師很準的，很多人給他相過，很準的。」祝美姊態度很認真。

我心裡想，若真是「債」，總是要還，逃過了今生，逃不了來世。

「但是……這種理由要他們分手太勉強了吧？」

「……」祝美姊欲言又止，一陣嗯呀後，還是憋不住，「不只這樣，聽說伊以前在私立學校教過書，拋棄了一個女老師，那個女老師還去墮胎。」

「有這種事！」這倒令我驚慌。但覺得這般去揭人瘡疤似乎也不妥，「既然這樣，當初為何不阻止他們來往？」

「那時陣還不知伊的過去，你不知，伊真奸……」

祝美姊對「他」顯然很不滿。

「我想拜託你勸勸秋菊。」祝美姊說出來意。

對方叫呂國良，臺南市人，秋菊認識他，是在我回鄉之前的事，其交往過程我不很清楚，她（他）們同在戶政事務所上班。看來祝美姊反對她（他）們來往的態度十分堅決。如果她（他）們執意相愛，反對反而會變成一種催化劑；我最不愛搭理感情的是非，那裡頭的虛虛實實比史事、小說更加縹緲。

祝美姊走了，我原就迷惘的心更加迷惘了。

古道

我遍查古籍今說，發現了一個很重要卻被忽略的疑點：張丙究竟是不是客家人？關於這，除徐春木未明言外，其餘各家均論斷張丙就是我「客庄內」的客家人，就連臺灣通史也這麼寫。但是，在張丙反清舉事的原因中，除了禁糶事件（當時鬧旱災，各地頭人紛紛出面約束地方的米糧不准外賣，以免饑荒。）的導火線外，尚有閩客衝突之遠因。臺灣通史說得很明白，張丙和其同黨對當時的嘉義知縣邵用之偏袒客家人很感冒，若張丙既是我客家人，為何又會怪罪邵知縣偏袒同族人？

這個疑團使我遲遲不敢下筆，也使我非去釐清不可。

為了悼思一百六十多年前（清道光十二年）張丙和清兵的那場殺戮，

我跨上機車，在可能是主戰場的古道間馳騁徜徉。古道在那裡？根據我手上資料，有三說：

（一）徐春木《臺南縣志．陣亡忠義碑附註》：「今山（嘉義）到府（臺南）之舊路，自白河外那片田洋至八掌溪之路傍，處處有萬人堆，埋葬當日陣亡枯骨，其跡猶存。又鯉魚山乃當時來往『山府』間之要衝，有一條林投巷，賊眾多伏於此，時過景遷，而今林投猶茂如常。」

這個說法據徐自稱是他帶了學生實地田調得來的。

（二）民俗專家劉建銘在其所著《臺灣清治時期的英雄好漢》書中第五章〈官逼民反——張丙事件始末〉這麼說：「……經我田調、參證通史、臺灣府志、諸羅縣志諸史料，發現今白河往嘉義的公路乃舊時臺南府到嘉義縣的古道；張丙舉事後第三日和臺灣知府呂志恆在此古道上發生激戰……原先只是供步行、馬行的小道，日治時，大正九年發動民丁修治舊時之路基並加拓寬，光復後逐漸拓延，成現今規模。」

（三）鎮上出名的小說家李平的小說作品《一八三一年閏九月》，把張丙祭旗一事寫得很傳神，說張丙偕同黨相約拜旗舉事，誰能把倒橫之帥旗拜立，誰就是統帥，由日出拜到日落，最後張丙一揖恭旗竟自立而起，眾呼萬歲。李說祭旗地點在今大排竹，和官兵激戰之古道在白河經大排竹、玉豐、詔安之現有鄉小道上。

這三條古道路線描繪的位置都在今本鎮北向到與嘉義鄰界的八掌溪間，巧的是，前半段雖分歧，中段部分卻在「鯉魚山」交會再岔出，三條路線宛如橫躺的「米」字。之所以生此怪狀，主要是鯉魚山那裡現尚遺有「忠義廟」古蹟，有此鐵證，再離譜的古道路線定然要劃到這地方來。古道只有一條，如今卻衍生三種不同說法，而且說者言之鑿鑿，煞有介事，讓人一時之間無法判定。

已蓋棺論定的史事況且如此分歧，何況是現世中的某些紛擾；任何醜聞，在報章上總會見到三種版本以上的說法。傳播訊息的媒體和資訊技術不斷在進步，真理不但沒有更加明確反而愈趨模糊。

這三人不只古道之說法不一，同樣是寫張丙，境遇也有所差別，徐春木在那次帶學生到鯉魚山田調後不久即病逝，留下未竟的「張丙其人其事」和「鎮誌」。關於其死因，鎮上傳言很多，而其生前拮据，死後蕭條，《臺南文獻》的部分稿費死後三年才發下，令人不勝唏噓。劉建銘因《臺灣清治時期的英雄好漢》一書榮獲「金筆獎」，並獲選為全國十大優良書刊，成了排行榜前五名的暢銷書。李平的《一八三二年閏九月》，被無線電視台改編為連續劇，據說光版權就賣了新台幣一百五十萬元。

我擔心的是，萬一劉民俗專家所主張的古道是錯的，那麼暢銷書所誤導的讀者群不止是幾百、幾千。同樣的道理若發生在李平的《一八三二年閏九月》改拍成的連續劇，所誤導的層面只會更廣更深。相較於他二人，徐春木殫精竭慮的努力和發現，甚至包括將來我整理出來的第四條張丙大敗清兵古道路線，都將微不足道了。

呂國良

呂國良在祝美姊找上我後沒幾天也找上了我，白淨斯文，也難怪秋菊會喜歡。我們邊泡茶邊聊。

「秋菊不知道我來找你。」他說。

「如果你有所顧慮，我不會告訴她的。」

「她對你很崇敬，常提起你。」

「哦？」

這些年來我在外求學、工作，對於秋菊只是一片空白，即使有那麼幾絲牽掛，也是摻雜了些鄉愁。

「聽說她大姐來找過你？」他問

我點頭。

「她的話你不要信。」他略顯激動，「我也不知道我那裡得罪了她，千方百計要阻撓我和秋菊……她一定跟你說我在以前服務的學校亂交女朋友的事……」

「……」我不知該說有或沒有。

「以前的事我不想多談……是有交往過一個，但……志趣不合就一拍兩散，談不上始亂終棄，說去墮胎就更離譜了。」

對於祝美姐向我訴說的內容，他宛如有在現場般的了然於胸，「我想……過去並不重要。」我說。

「反正怎麼說她都不相信，一下子說我花心，一下子又說她幫我們算過命，八字不合，說秋菊上輩子欠我，我的工作她也嫌，都是她在反對，現在秋菊的兄弟姊妹都被她說動來反對我們來往，秋菊的弟弟還打我，砸我的車……」他又激動起來，但很快就平靜下來，「這我都不跟他們計較。」

想不到以前那個老流著鼻涕的「小不點」賓仔——秋菊之弟，竟會打人砸車，令我相當意外。

「應該可以再溝通溝通。」我想不到祝美姊會反對到如此地步。

「我長眼睛還不曾見過一個當大姊的關心妹妹的婚姻關心到這種地步，又不是老爸老母，她父母起先倒沒什麼意見，現在被她一攪和，也有些反對了。」他不僅激動，憤慨得把我剛斟給他的熱茶一仰而盡，「是不是晚婚的女人都有些變態。」

「不應該……」我也覺得祝美姊太過份了些，感情的事，兩情相悅就好了，插足太深總不宜。

突然，「欠債」、「臺灣知府呂志恆」、「臺南市呂國良」使我腦際閃過一個可怕的聯想。

「你祖先在清朝時代曾作過官莫？」我問。

「作官？……」呂對於我這沒來由的發問有些不解，但還是努力在思索，「好像有喔……我小時候曾聽阮阿公講阮祖先在清朝時代作過大官，伊曾拿一支『下馬牌』給我看，說是我祖先曾立大功，皇帝賞賜的，凡文武官不管多大見牌都得下馬參拜……啊你問這要作啥？」

「那位祖先甘是叫呂志恆？」我問得很緊張。

呂摸摸頭、搖搖頭，表示不清楚。

「我聽秋菊說她大姊向她借了不少錢。」呂意有所指的說。

「……」

不會吧？呂國良會這麼巧是呂志恆的子孫？即使是其子孫，那他要討債的對象也應是我輩族人，因為在「跋死馬橋」（據說臺灣知府呂志恆兵敗連人帶馬在此一木橋上失足跌落溝壑，而被亂兵擒殺，故名。）殺死呂志恆的是「張丙」，非關秋菊族人。

雖然歷史的偶然率常打亂其必然率，但不會這麼巧就出現在我週遭。我不禁搖頭哂笑，搞得這般神經兮兮，就像我阿嬤說的：「吃飽太閒哆喊飫。」

一百六十多年前的那條殺戮古道間有多處荒涼、陰森的公墓和「有應公」之類的陰廟，是否和當年的殺戮有關，恐怕只有鯉魚山入口處的三應公廟旁那棵沉默的老榕才能給你答案。

我所欲尋的「跋死馬橋」和「忠義廟」並不見諸於臺灣通史，卻是徐春木於三十五年前採集的地方史料，徐說忠義廟遺有古碑，「跋死馬橋」或許因農地重劃時已崩壞，遍尋不著。「三應公」進去後，原來就很窄的產業道路變得更小更顛簸更陰森，只容機車行走，兩旁雖有果園和零星稻田，樹林濃蔭也漸密，墓坏也漸漸多起來；鯉魚山是陰森怪誕出了名的公墓。

機車終於行到路的盡頭，再進去是上墓丘的步道，昏黃的斜陽只篩落些微的霞光，我環顧左右，頓感氣氛詭異，新舊高矮不一的墓碑似要張牙舞爪起來，樹欉幢幢，涼風陣陣，樹葉在悚靜中偶爾唏嗦唏嗦，受了驚怕的鷄皮疙瘩已冒了全身，我後悔挑這種將暗未暗的時候闖進來。

猛回頭，乍見密林間一棵老芒果樹旁有一座小廟，只約一人高，我壯起膽緩緩走近，心想真該拉個人同來的。小廟無煙祀，廟瓦已殘破不堪，簷前「忠義廟」三字雖有風化蝕壞，仍隱約可辨，廟壁是那種攪糯米、黑心土的舊式燒磚，廟內只一石砌的小神案，上置一缺了口的圓爐，爐中別說香支，連香灰都沒。廟旁果真有一約半人高的石碑，所幸鏤刻的文字尚可判讀：

陣亡忠義碑記

竊為惻隱之心人皆有之睹物傷情理則然矣壬辰陽月之初嘉義店仔口等處因張丙等擾亂地方致臺灣府憲呂意欲除盜安良倏有陣亡之變故隨從諸人亦遭覆歿之慘川到此拾骸見諸尸骸或埋或露自店仔口田洋至八掌溪皆是甚有被犬損壞更覺目擊心傷爰為倡議捐資計拾骸骨壹佰零壹身搬葬頂崁仔頭坐南向北外再另築一祠俾使諸義忠魂有所皈依而尚義君子往來見此祠墓知其忠義效力陣亡春秋煙祠。

道光癸巳花月　吉日首事陳如川題立

「三應公」雖也不大，但比起忠義廟大多了，香煙繚繞，並組有管理委員會，外加一小廟埕。「三應公」是誰？就連建造這座廟的當地委員會也說不出個所以然，也許是大家樂、六合彩盛行時蓋起來的。我無意冒瀆「三應公」，只是為那戰死沙場的一〇一具忠骸抱屈。

當我回到三應公廟旁那棵老榕樹下時，天色尚殘存西天一片灰紅的霞光，遠方數公里遠的鄉道上，「路普」的法會正興，路普的緣由乃本鎮經大排竹這一線路常生車禍，經地方民眾多方反映，鎮代表會便請來法師普渡。剛剛路過時，附近聚落的村民扶老攜幼拈香膜拜，擺設在路兩旁的祭品綿延數公里遠，附近廟宇的大小神明也全都請出共襄盛舉，盛況空前。

我想，他們超渡的不只是命喪輪下的冤魂，還包括一百六十多年前那場殺戮下的那批亡魂吧？祭拜者或許不知，至少天知、地知、我知。

回到家，吃晚飯時，頓覺疲憊不堪，身體有些異樣，頭昏昏沉沉，隔天更加嚴重，不僅發燒，頭痛欲裂，四肢酸麻，全身疲軟無力，連下床的微力都沒，醫生說疑似上呼吸道感染，是流行性感冒。可是吃了藥，打了針，不見好轉，一直昏睡。

昏迷中老覺得屋內有一大票陌生而奇怪的人影來來去去，模模糊糊，忽近忽遠，想瞧個清楚硬是沒辦法，恍如夢境，卻又有幾分清醒。

父親去抓了幾帖中藥，母親說我可能中了邪，直問我到過什麼地方，我沒講「忠義廟」的事，怕她胡亂聯想，她還是拿了我的衣物去給人收驚，端了碗符水要我服下，我不忍違拗，咕嚕一口喝下。

「收驚仔講你可能黑白去鑽那三片壁仔，有莫？」母親邊幫我扶著碗邊問。

這話問得我有些心驚和心虛。

「伊講按怎？」我反問。

「伊講你以後不通黑白去鑽，偌要入去，要先拜拜咧，佮伊打一個招呼，才莫給歹物仔問到。」母親說。

收驚者的話，我將信半疑，但夢境中的怪象我是耿耿於懷，更玄的是，自喝入那碗符水後，病情漸好轉，頭也不再暈痛。

吳玉山

有線電視台由非法偷跑變成合法後，我閱讀或思考後，想讓腦筋略作休息時，拿著搖控器選頻道，成了我另一種嗜好，總期待在那麼多的頻道中能突然出現一些令我意外的鏡頭或劇情，雖然大多是失望的。在某天夜裡，我卻不經意轉出了個重播的節目，一個人，一個暴牙者，不知故意或習慣性使然，他說話時會將嘴角用力閉合，以致整張嘴經常性地嘟起。

那是個「漫談臺灣俗語」的節目；講臺灣俗語並不新鮮，新鮮的是他舉的事例大多是我鎮內的史事和傳說，我敢斷定他跟徐春木有著某種淵源，因為徐的資料我不知翻閱了幾遍。

果然，他叫吳玉山，本鎮人，我費了番功夫向第四台問了他的地址，在鎮內街面的尾端的一條窄巷中的盡頭的一排新販厝的第二間拜訪到他。

不出所料，他是早年徐春木在鎮內教「暗學仔」時的得意門生，經常隨徐四處田野調查。我想和他談徐春木，他卻大談本鎮淤積的「崎內埤」和「清太子太保王得祿的童年」：說當年崎內埤壩堤難築，因有水怪；說王得祿本姓吳，出生地在本鎮，給溝尾庄（今嘉義縣太保市）王姓人家當養子。

「我聽講春木仙仔去過忠義廟了後就病死⋯⋯」我清咳兩聲，單刀直入。

他的「王得祿」嘎然而止，皺起眉頭，嘴角使力微噘，露出欲瞠未瞠的暴牙，樣子頗為猙獰，活像西洋電影中即將變形的吸血鬼。我不禁也深吸一口氣，靜待他的反應。

「忠義廟你有入去過莫？」他問。

「有……」

「你感覺按怎？」

「有……一點陰森森。」

「阮遇到鬼，你要相信莫？」

他說這話時，故意放慢、放沉，雙眼骨祿骨祿地望著我。

「……」我雞皮疙瘩起了。

「叫一個無神論者去相信世間有鬼，就親像叫一個天文學家去相信地球是扁同款。阮老師伊是那種對學術很嚴謹的人，遇到這款代誌，伊仙想都想莫通。」

「遇到啥麼……啥麼鬼？」我自覺問得有點笨拙。

「三十幾冬囉，我真不要去提起這代誌，講出來也不得確有人要相信，發生這種代誌了後，我詛咒永遠不要涉入地方文史工作，我底想，有一天，終有人會來找我問，我在等，這是一種負擔，一種負擔……」他說到最後，語氣薄弱，似在呢喃。

「那天，剛下過大雨，我沒入去廟，只單老師入去……」他稍停，燃上一根煙，閉眼，似乎掙扎著是否要讓自己再度跌入這可怕的回憶中。

良久，他才又開口輕描淡寫：「反正伊在廟內佮鬼底講話。」

「伊……佮鬼講啥麼？」我忍不住問。

「老師出來了後，面青損損，啥麼攏莫講，回來就病倒，病中有叫我去，才佮我講那天的代誌，講伊遇到張丙的鬼魂，老師講張丙佮伊講，臺灣通史及咱們所了解的張丙其實不是張丙，叫『吳仁』，吳仁佮張丙是地方上的死對頭，『吳仁』打死『張丙』，『吳仁』起事驚連累親人，才冒用『張丙』的名起義……『吳仁』顯靈的怪事老師伊寫莫落去，所以，終其尾，老師對『張丙』的身分和事件沒一個結論就是這緣故……」

吳玉山的「鬼話」如果屬實，那麼他說給我聽，等於把揹了三十多年的包袱丟給了我。我想去相信，卻又不免懷疑，畢竟，見鬼的是他老師，而他老師卻也變成鬼了。

關於「張丙是客家人，又怎會和客家人嫌隙？」這個盤繞的疑問，卻在吳的「鬼話」中得到了解答。原來「張丙」是「吳仁」，既是吳仁，就不是客家人。我有些興奮，卻未免感到荒謬。

這世上，見鬼的都成了鬼，滿口鬼話的卻盡是沒見過鬼的，難怪鬼話會連篇，愈話愈玄愈虛。就算是吳玉山說的是真的，又有誰會在乎這個「事實」。

秋菊

那晚，從吳玉山處回來，上床睡覺後，正昏昏欲睡之間，乍想到了個嚴重的問題，從床上疾跳而起，別說雞皮疙瘩、頭皮發毛，整個胸口像被重壓那般喘不過氣。我驚怕的不是徐春木撞鬼，而是吳玉山的「鬼話」如屬實，那和「呂志恆」有「前世債」的不是我張姓族人，而是秋菊的先人，秋菊就真如其姊所言是要來「還債」的！

吳玉山的「鬼話」不僅讓這玄虛的詭事理出了一絲因果，而這個因果卻是我認為相當無稽、無聊、荒誕，不想也不願去面對的；張丙是吳仁，吳仁殺呂志恆、吳秋菊和呂國良……這……這真有點亂、有點糟、有點怪……不，不是有點，是相當奇、相當怪、相當糟！這令我顫慄、冷汗直冒。

該不該向秋菊說這等怪誕且糾葛不清的事，我慎重考慮著。

父親要翻修舊厝，說大弟、二弟已成家，孫子陸續出世，現在的客廳和房間空間已嫌不足，找我商量怎麼個翻修法。他原本想要全打掉，翻蓋鐵架屋，我堅持只翻會漏水的殘破屋頂，其餘的舊樑和壁面全保留；我愛古老的磚牆那種酷似老農久經暴曬的黝紅皮膚，那種穀殼摻黏土再抹石灰的竹編壁面。父親這舊人類一意要將之打掉翻新，我這新人類卻執意懷舊保留，一場激辯後，父親拗不過我，連油漆屋樑的底線也棄守。

「莫怪你到這陣還娶沒某。」

父親言談間，對我遲遲不結婚有些怨懟。

秋菊不待我找她，終於也找上我來了，就在我和父親一番爭論當頭，我遠遠就望見她，從舊厝旁那條巷道姍姍而來。她瘦了許多，長髮削短了，原本清純的臉龐多了幾抹滄桑，略施脂粉，整個人幾已變了樣，唯一能讓我一眼認出的是她那輕盈舒緩的走路姿態。

待她到了門口，入了內，我們的視線才一交替，父親竟突地消失了。

「你知道我今天來要和你談什麼吧？」秋菊說。

我點頭。

「你認為呂國良這個人怎麼樣？」

「……」我不知如何以對，不知怎地，我突然想到冒張丙名的吳仁，那種蓋棺猶不能論定的感覺讓我很不舒暢，這幾天，我思索著該怎樣來向她說明「張丙」始末，總不免要牽扯吳玉山的鬼話，何況呂國良尚無法確認是呂志恆的後代。

「你覺得他怎樣？個性、學養、談吐……沒關係，你坦白說。」秋菊顯得侷促不安。

「阿菊，這樣說吧，我覺得我的看法並不重要，重要的是妳自己對他的看法。」

除了不想左右她的意識外，我現在已有些明白，人很複雜的，要對一個人下評斷，不僅很難，也要很小心。

「他……好嗎？」

「妳認為好就好。」我聳聳肩。

「你這不是廢話！我信任你才來問你。」她眼眶紅溼了。

「怎麼啦？」我一見人哭就不自在。

「我覺得他現在和以前不一樣了！」

「怎麼不一樣？」對於我的口吻有些像學校的輔導老師，我感到懊悔和無奈。

「他以前很在乎我，現在……現在脾氣變得怪怪的，講話也怪怪的，連要他陪我去買生日禮物都說沒時間。」

「……」

「人是不是在一起久了就會變？」她一臉茫然。

「這……應該是吧。」我覺得這問題得花工夫解釋。

「為什麼會這樣？……難道就不能有至死不渝的愛情和婚姻嗎？」

我努力思索著想去回答這個問題，「應該有吧……但是，看人……」

我突又覺得婚姻已不是男女個人雙方的事，是雙方家族，是……想到這，祝美姊引法師「前世債今世還」的陰影又籠罩心頭，這已不是「至死不渝」那麼單純了。可憐的秋菊也免不了陷入情淖中，一時拉拔不出；「當局者迷」是每個人都明白的道理，偏偏就有許多人深陷迷局而不自知。

「你就坦白說，他這個人值不值得託付終身……你明講，拜託！不要扯東扯西，不要考慮我的感受，拜託你……」

「我……這……好吧，我可以指引妳一條路。」我說。

秋菊一聽我這麼說，喜出望外，一副聚精會神傾聽的模樣。

「妳去查呂國良的族譜。」

「查族譜幹什麼？……啊！看他們有沒有遺傳性疾病，對不對？」秋菊天真的問，終於露出微笑。

「查看看他的祖先有沒有一個在清朝時代當過臺灣知府的呂志恆。」

「臺灣知府，呂……什麼啊？」秋菊瞪大眼睛，臉上寫滿了問號。

「雙口呂，志氣的志，有恆的恆；呂志恆。如果有這個祖先……」為了鄭重其事，我略停頓微沉，秋菊因為過份專注在聽，也學我沉頭。「妳就不要和他來往；如果沒有這個祖先，妳就可以和他來往。」我的語氣神秘得好像連續劇中的半仙。

「幹嘛？」秋菊顯然沒聽懂。

我也不想再多說，秋菊怏怏的走了。我決定明天去向公所邱秘書推辭「張丙傳」的撰稿工作，再怎麼央求我也不寫。

【導讀】

這篇小說是作者的代表作之一，曾獲得第五屆南瀛文學獎首獎。故事採第一人稱雙線進行。其一是「我」接受委託，要書寫傳說人物——其宗族祖先張丙——的傳記；二是「我」的女性朋友拜託他想辦法勸阻她妹妹即將答應的婚事。這二條線如何匯流交纏，又將如何結局？很能吸引讀者好奇。作者善於編織地方傳說和民間習俗的材料，技巧上又富有實驗性，是本篇成功之所在。

蔡素芬

別著花的流淚的大象

【作者簡介】蔡素芬（1963-）

臺南七股人，臺灣中生代重要小說家，曾任《自由時報》副刊主編，現任自由時報社影藝中心副主任，兼任林榮三文化公益基金會執行長、臺師大國文系助理教授。主要作品長篇小說《鹽田兒女》三部曲——《鹽田兒女》、《橄欖樹》、《星星都在說話》，及《姐妹書》、《燭光盛宴》；短篇小說集《臺北車站》、《海邊》、《別著花的流淚的大象》等；編有《九十四年小說選》、《臺灣文學三十年菁英選：小說三十家》及譯作數本。作品曾改拍電視，曾獲《亞洲週刊》十大華文小說、中興文藝獎章、金鼎獎、吳三連獎及其他多種文學獎項。

別著花的流淚的大象

蔡素芬

木製柵欄前面擠靠著大人小孩，他們的身體壓在柵欄上，孩子跟大象揮手，希望大象走到柵欄邊，柵欄的內圈還有一層柵欄，這是為了讓大象站在內圈那一層，鼻子伸長出來時，不至於碰到人群。

大象站在飼育所邊，後面是岩壁，大小不等的石塊間，擠挨著細小的草葉，岩上種植的樹木，靠大象這邊的幾乎都禿了，那些樹葉細枝總是一冒出來就被大象的鼻子捲進嘴裡，連樹皮也遭殃。大象不能靠那幾棵樹，光靠那些樹，活不過一週。

他給牠送來食物，八年了，他成為動物園的動物飼育員八年了，他不只餵食牠，在規畫為大型動物區的園區內，大象的左鄰右舍他都要照顧，但被區隔為兩個欄位的大象，他總逗留最久。

他剛把三大綑的樹葉扔進柵欄裡，在接近閉園的時刻，這個餵食動作是表演性質。早上還沒開園時，他是將草放在可以供大象遮風擋雨的飼育所裡，大象在所裡度過夜晚，他開著小板車將飼料送入柵欄裡的飼育所當大象晨起的禮物，然後就等到下午閉園前，將樹葉丟入柵欄裡，觀看的大人小孩都可以來捧起綠葉繁密的樹枝往裡頭丟。

他將樹葉往柵欄裡扔時，孩子和他們的家長也來到板車，撿拾板車上剩餘的樹枝往裡頭丟，他提醒他們，不要砸在大象身上。那些軟弱的枝葉有時掉在內外圈柵欄間，他會等到閉園後收撿到飼育所的地上，入夜後，大象走進所裡時，牠的鼻管會把枝葉收拾得好像不存在過。

大象從岩壁邊走過來，孩子們興奮得又叫又跳，踩上柵欄的底層，探身向大象揮手，大象搧動雙耳，走到樹葉前，鼻管舉向上又彎曲向下捲動樹枝，將一長枝上的葉子連枝帶葉捲進嘴裡。牠對孩子們的叫鬧無動於衷，很專心地捲著樹葉，有個臂力特大的男孩子扔來一截樹枝，樹枝從大象的眼前擦過，大象舉起鼻子向長空鳴叫。他急忙走到男孩身邊，將男孩拉開，告誡：「不可以向大象用力扔，那很危險！」男孩嘻笑，躲到父親身後，那父親說抱歉後，將這將近十歲大的孩子帶開了。

大部分的客人不會這麼粗暴對待大象。他仍站在那裡看著，到園區廣播起閉園時間已到，請遊客離開後，他才將板車開離。

一週有兩天提供給遊客餵食大象的樂趣。然後另兩天是長頸鹿。

他總等到最後才離去。並且確定動物的情緒都穩定。

那差點給樹枝砸到眼的大象，在遊客離去後，走到岩壁前的水坑呼嚕嚕飲水。他看牠飲過水後，站著不動，像牠慣常那樣。他才放心離去。

打卡離開園區，天都暗了。脫下工作服換回原來的衣服，擠在公車裡，仍覺得自己身上飄散著動物的飼料味和糞便的味道，帶著腥氣的草味。但他旁邊的乘客並沒有一個人避開他，他們拉著吊環，手臂與身體因公車的煞車，有時碰在一起。難道他們都沒聞到嗎？他心裡很納悶。突然又想，聞到又能怎麼，大家不就在公車裡，能跳出窗外嗎？每天上車他總要這麼想一回。他不得不想，因為回家後的第一件事，他必須去沖澡換下衣服，自己把衣服拎到洗衣機沖洗，太太不能忍受他衣服上頭髮上飄散的動物糞便味和飼料味。別的同事沒這個問題，他們說，那味道微乎其微，連家人也聞不到呢！

嗅覺靈敏的太太總比他早下班回家準備晚餐，他洗淨身體吹乾頭髮時，飯菜也都上桌了。兩個讀小學低年級和中年級的兒子也規規矩矩坐在餐椅上，他們吃得很安靜，生怕弄出一點碗筷碰觸的聲響，媽媽吃得更安靜，她七十歲，三年前父親過世後，媽媽就過來和他住，沒有別的選擇，兩個姊姊都各有家庭，他是家裡唯一的兒子。媽媽將原來的房子出租，每個月的租金都交給他的太太，好像付房租似的，在這裡有地方睡有食物吃，太太對於拿到手邊的錢，沒有不歡迎的，她天天打理一家人的飲食，在固定的時間，把飯菜端上桌。

他也在固定的時間把樹皮樹葉送到大象的柵欄裡，固定的時間清理牠的糞便。大象老了，這頭母象是亞洲象，早已沒有生育能力，牠在動物園產下的小象如今已是精力旺盛的大象，圍在另一格柵欄，與其他再購入的大象在一起，至於大象父親，早就因太老而過世了，動物園還為牠辦了一個紀念會，製作許多相關產品，將牠的圖象印在徽章上、毛巾上、帽子上、杯子上，那些產品如今已從商品陳列架上消失，不再生產。動物園裡永遠有新的明星。而他照顧的這頭大象就如當初那頭老象的命運，被隔離獨自在一個柵欄圈裡，牠有心臟病和憂鬱症，雖說性情溫和，但為了防止憂鬱症發作時驚擾其他的象，動物園讓牠獨自住在一個欄圈裡。早上他去餵養時，大象有時還在飼育所裡，有時已經繞著柵欄不斷走路。他從牠走路的姿勢觀察牠的情緒，他寧可牠在走路，他難免擔心在飼育所裡，牠一腳踩死他，壓在一隻四噸重的大象腳下可是一件要命的事。

「你想什麼呢？」太太問他。

「我吃飯啊！」

「你的眼睛沒看著飯沒看著菜，也沒跟我們講一句話，你的心不在啊！」

現在他才看見了眼前有乾扁四季豆、煎肉魚，有炒高麗菜，以及燜豆腐，太太的家常菜天天鎖住了他們，太太不喜歡出門用餐，她說那些菜都沒洗乾淨，碗筷也不乾淨。

「哦！」

「就這樣？你今天帶回來的話就這樣？」

媽媽低頭慢悠悠地吃著。媽媽的身體還算健康，每天可以自己到社區附近散散步，替太太把曬乾的衣服摺好歸到各人的衣櫥裡，但她不能進廚房，太太說：「媽媽眼睛不清楚了，菜洗得不夠乾淨，油醋不分。」

媽媽頭都沒抬一下，兩個兒子只顧著聽電視的聲音，那是唯一允許在用餐時刻開著的電視，太太說：「用聽的比用看的好，看電視容易近視，聽聽就知道演的是什麼。」

「哦，」他說，「剛才回來的那班公車人很擠，還好，在我們的前一站，人差不多下了大半。」

「這你說過很多次了。這次車上有什麼特別的人嗎？」

「沒有。」

「沒有？」

「有。有一個男士很胖，像大象，一個就占了兩個身體的位置。」

「他沒位置坐？」

「沒有。跟我一樣站著，也是從動物園那站上車的。」

「所以，他防礙了你？」

「沒有。」

「沒有？」

「有。我看他猛冒汗，讓我也覺得好熱，我也冒汗了。」

太太似乎不滿意他的答案，直斥他：「無聊。」

他縮著脖子，感覺胃被他縮了起來，胃口也變差。他想到大象退到岩壁喝水時，步履很緩慢，好像整個身子都縮起來，黃昏暮色照在牠皺摺很深的皮膚上，好像大象應該回到一座森林裡去休息，但沒有，只有岩上幾棵禿了一半的樹觀視牠喝水，他怎麼就非要看完牠喝水才肯開著板車離去呢？他是知道大象不會讓自己渴著的。

太太在收拾碗筷，洗碗的工作輪到他。太太倒掉殘渣就退出廚房，帶兩個孩子回他們的房間，檢查功課清單。媽媽坐在電視機前，連續劇即將開演，她眯著眼睛等待廣告時間過去。他洗碗的聲音嘩啦嘩啦的，洗碗精抹在碗盤上滑不溜丟，他真想有個盤滑到槽裡破裂了，那起碼有點異樣的聲響，但他的手太穩了，從來沒有打破任何東西，連掉根針或小紙片都沒有，他的手撫著象皮時，可以沿著牠的紋路像游水般地滑順過去，他感到大象信任他，沒有一絲躁動，亞洲象可以用來馱物載人，就是因為溫馴吧，而他照顧的這頭象可以感知他的手掌可以穩穩地透過撫觸安定牠老年的情緒，連園方也知道他的耐心與手掌的安穩，將老象交付給他。但老象這幾天有情緒，昨天、前天他清晨跨入園裡餵食時，牠的食量變少，今日傍晚遊客來餵食，大象肯走到柵欄邊捲食，他特別感到開心，明天傍晚還有一次遊客餵食活動，他希望大象仍然興致勃勃走向遊客所在的柵欄。

他想到今早大象在他放了樹葉，清了糞便，要關上飼育所往園區工作廊的通道鐵門時，大象踱到鐵門邊。他關上門，上鎖，聽到大象以鼻管不斷撞擊鐵門。他繞到柵欄外觀看牠，牠仍重複撞擊的動作，鼻管磨著鐵門幾下就舉起來拍打，一副要開鎖的樣子。他知道鎖是撞不壞的，因此更心疼大象白費功夫。所幸十幾分鐘後，大象覺得索然無味，回到岩壁邊的樹下靜靜地站著，那旁邊的一灘水坑足可讓牠玩一天，但老象常站在那裡，慢慢踱幾步又回到樹下。

喀啷一聲，拿在手裡的沾滿洗碗精的一隻飯碗滑向一隻躺在槽底的碟子，他急著搶救，反倒把碗推遠，擊在不鏽鋼水槽的邊緣，瓷碗碎裂成三片，還有細小的瓷屑落到槽底，噴飛到其他待沖洗的碗筷上。太太聽到那喀啷聲衝了出來，看見碎片，叫喊著：「哎唷，你怎麼搞的，不想洗就說不想洗，怎麼這麼不小心把碗摔了，這成組的，少一個了，你真是粗心，你從來就不放在心上，你真是一點用都沒有，連洗碗都不會洗，……」

他把碎碗撿進一隻塑膠袋裡，將塑膠袋口打了一個結，扔進垃圾桶。回頭要將剩下的碗沖淨，但太太將他推開，她動手沖那些碗，她的嘴裡還唸著什麼他已聽不清楚。坐在沙發上看電視的媽媽關了電視，往臥房去，兩人在走道碰面，都沒說什麼，他跟媽媽進了她的房，媽坐入床邊，說：「孩子，沒事，你去睡吧。」

他一頭倒在床上，感到沒有過的輕鬆，真的有隻碗從他手上滑碎了，他的手不再是那麼萬無一失，他是故意讓那碗滑下去嗎？也許有一點吧，但想想，真的是碗滑下去了。他的手沒抓牢。他知道終有些東西抓不牢的，但也不是壞事，比如他就可以放下那些碗，躺到床上提早休息。他突然同情起太太來了。

牆上的時間才指著八點半，這時睡覺還太早，太太知道後怕不進來叨唸，而且媽媽也沒看完連續劇，那連續劇應該九點結束的。他離開床又來到媽媽房間，媽媽仍坐在床邊，夜燈暗，昏暗的側影好像一尊雕像，一動不動。他說：「媽，電視還沒演完，妳回客廳看吧！」

媽媽沒說什麼，揮揮手示意他離開房間。

他說：「那麼我買部電視放妳房間，妳愛什麼時候看就什麼時候看。」

媽媽也沒回答，將桌上的夜燈也熄了。

他走出房間，來到客廳打開電視，畫面是方才連續劇的畫面，他把聲音開大，讓那聲音透過門板傳到媽媽房裡。完成廚房最後清潔工作的太太走過來將那聲音按靜了，說：「要看你看字幕，孩子在做功課，不要吵到他們。」

「低年級有什麼功課嘛？」他感到自己聲音很大，是今天講過最大的音量。

太太看他一眼，把電視畫面也關了。

他不發一言，拎起鑰匙往樓下去。電梯關上時，太太的聲音被電梯不鏽鋼門滅了威風，只剩下一個尾音：「——莫名其妙。」

樓下走幾步路就是十字路口，他走到路口，猶豫要往哪個方向，但他根本不需要決定，本來就沒有目的，只是要出來走走，哪邊是綠燈就往哪邊走，在剩下五秒的綠色行人燈閃爍時，他大步往綠燈的方向走，走下去是一片公園，黑漆漆的，兩盞微弱的路燈，公園後面有個上坡小徑，通向一個小山巒，那裡一片漆黑，過去有兩三座土墳，市府命令遷移，小山徑彎彎曲曲，山坡沒開發，夜裡一盞燈也沒，只是蟲鳴。他繞了一圈公園，三把冷椅，一座溜滑梯，兩個搖搖椅，十分簡陋的設施，聊表這社區確實有座公園。父母不會在夜晚帶孩子來這裡，像鬼域一樣陰森森的，誰會來呢，只有像他這樣不知要往哪裡去的人會坐在燈下的冷椅吧。

坐了一會兒，山巒上的蟲鳴沒有停過，幾隻蚊子在他身邊飛繞，嗡嗡聲很擾人，他也感到露水在瀰漫，只好站起來，繼續走。從公園與馬路間的磚道走到銜接店家，店家在打烊，留著店鋪深處淡淡的燈光，有的鐵門已半掩，城市邊緣區域，店家提早休息，這時不會有太多人在外頭，連路上的車流都變少。他又走了兩條街，折返時店家關得更多，又經過方才的公園，蚊蚋繞著微弱的燈柱瞎撞，地上有蚊屍和腐葉。沒有方向，不知要去哪裡，只好回到紅綠燈過去的那個家。

太太什麼話也沒講，已經換好睡衣準備就寢。這不是他唯一的一次晚間出門，太太似乎也習慣，不打算讓他破壞她的睡眠，她第二天一早要上班，她是守紀律的大賣場早班行政人員。他也是守紀律的動物園飼育員，每天一大早未開園時就要去飼養動物，即使和太太剛認識結婚時，太太對讀畜產業的他原是期盼能擁有一個養雞園，養幾萬隻雞，送往專供餐館用量的宰雞廠，不但能當大販子，也利用了她父親留著的荒地。但他不是那個料，他不想當一個養雞場的頭子，成天看著上百隻雞送入宰雞廠。

第二天一早，他比太太早出門，來到動物園，先到大象區。多日來，看顧這隻母象像看顧身上一個腫起的包，總擔心著，注意著每天的變化。

大象站在飼育所外閉著眼睛，他趁這時候趕快把樹皮樹葉青草上百公斤重全堆到所裡，便遠遠地站開，清理牠拉在所外泥地上的糞便，要命多的糞便，大象把吃進去的六成都排出來了，他聞慣了，味道腥中帶香，但最好快手快腳清乾淨，免得大象踩踏得到處都是。

大象沒什麼動靜那是最好的，大象即便睡個兩三個小時，也足以支撐牠一兩天的精神，他最喜歡替睡過後的大象擦擦肚子，那裡最柔軟，這頭老象和牠的同伴隔離了，牠缺乏體溫的接觸，他擦牠肚子時，把自己想像成一頭幼象，磨蹭著牠，大象是一動也不動，眼裡很溫柔。

他開著載著一袋袋糞便的板車回到處理中心，又換了飼料餵養其他動物後又回到大象這裡來。大象正在飼育所裡享受食物。他感到安心。陽光轉烈，動物園已到處是人，雖非假日，孩子們來校外教學，沒事的大人也來看動物，老老少少，在各動物區間移動。

中午他和其他飼育員有短暫的休息，用過餐後，他們在休息室擺開躺椅小憩一番，有的飼育員會躺到樹下休息，或看一回電視。他們像那些動物，在動物園圈圍的環境裡擺著各人放鬆的姿勢，在那姿勢裡，他們自嘲如動物般失去覓食的能力，靠動物園的薪水過著生活。但事實上，他們以為自己身負重任，動物園不能失去他們，否則怎麼打開門讓遊客進來呢？他們努力維持動物的生命，努力地讓動物有尊嚴，像他照顧的這頭大象，在暮年的憂鬱情緒中，他花更多的注意力在牠身上，他不願意大象的憂鬱困擾牠，或在心臟病中倒下。

下午陽光轉弱時，他們又準備去巡視動物的狀況。今天大象還有遊客餵食活動，他又開著板車去裝飼料，成堆的樹葉樹皮鮮嫩地採收來了，養大象成本很高啊，若不是有園區後面的一大座森林，三頭象每天吃掉半噸多的植物去哪裡拿？

大象的柵欄前如昨天一般站滿了大人小孩，他的板車抵達時，就圍上了遊客，他先扔進一小綑，指示遊客扔擲的方向，大象還站在岩壁那邊，牠往柵欄前的食物靠近時，他就要遊客停止扔擲的動作，他不希望昨天小朋友拿樹枝擲往大象的事件再發生。他看守著，也注意大象走路的姿勢，牠緩慢地，比昨天更緩慢地走向人群所在的柵欄，牠舉起鼻管，在空中轉了一圈又放下來，牠在柵欄前看了看，孩子們作勢想跨過柵欄握住牠的鼻管，一旁的大人拉著他們的衣領將他們攔下來，孩子們便作樣往空中抓了抓。大象往柵欄裡繞圈圈，孩子們呼喚牠來柵欄邊吃食物。

大象又踱回來，很慢地，他看到牠比昨天更老的步伐，天氣並不熱，大象微微搧動耳朵，牠一定感到熱才搧動。還有孩子到板車拿了殘剩的樹枝，他擔心孩子不知輕重地將樹枝往大象扔，彎下身來將板車上的樹枝收拾起來，紮成一綑束起來。一回身望向柵欄，大象已站在那裡了，耳朵上插著一枝紅玫瑰，牠離柵欄近到沒有距離，眼裡有眼淚流下來，是擲向牠的玫瑰花枝飛過眼前刺激了淚液嗎？他望向遊客，不知誰那麼大的力氣，將玫瑰花枝擲得那麼高給大象，且不偏不倚插在大象的耳朵上緣和頸項間，這太危險，萬一刺入眼睛呢？有那麼好的投擲水準，可以去當棒球投手了。耳上別著花的大象看來是頭美麗幸福的象，遊客有人歡呼，但不知道玫瑰從何而來。

不管那些歡呼聲，大象帶著牠的淚水走向岩壁。他啟動板車，往飼育所的通道開去。心想著，這頭老象不適合當遊客餵食的玩具，他要建議園方，得停止這個驚嚇動物的舉動。

打開飼育所的鐵門，從飼育所走向岩壁，他站在大象腳下望著牠耳上的花朵，花朵下的淚水，眼眶濕潤，不遠處的水坑也比不上這眼裡濕潤的水氣。他伸手撫摸大象的身體，順著牠皮膚的紋路從前腿的部分撫到後腿部分，大象站著不動，遊客因閉園時間到，紛紛散去，大象低垂著眼睛，他對著牠的耳朵說：「等一下那些人全走了，你去把樹葉吃了吧，那會讓你夜裡舒服一點。」

大象慢慢移動，他也一邊後退，在大象踱步時，他知道得保持距離，雖然從沒看到大象在柵欄裡奔馳，但大象狂奔起來，速度可以達到每小時二十幾公里，是衝得很快的腳踏車，他想躲也來不及反應，所以最好在牠邁步時就快步拉開距離。

他退到飼育所，大象繞著柵欄踱步，在柵欄的另一邊有牠的孩子和孩子的伴侶，牠看都沒有看一眼，低垂著眼繼續走。他站在飼育所門邊看著牠的步伐平穩，雖是比昨天蒼老的步伐和眼神，但只要步伐節奏平穩，他就不必太擔心。

他鎖上門，開著板車離去。又繞到前方柵欄，大象慢慢走向食物處，耳上的玫瑰還沒掉下來，牠來到柵欄邊向他舉起鼻管鳴叫了一聲，然後低頭捲起樹葉。

今天丟的樹葉少，大象將樹葉收拾得很乾淨。和牠前兩天的胃口比起來，顯然進步了，但他也知道，胃口時好時壞，表示大象的心情起伏不定。但不管怎樣，今天的樹葉是吃完了。

暮色從森林那邊降臨似的，一下來到柵欄邊，柵欄上反射的一點餘暉溫潤美麗。他放心地開著板車準備下班去了。

同樣換過裝，同樣擠上公車，懸吊著手在吊環上，搖搖晃晃回家。回到家，家裡有異樣的氣氛，廚房沒有鍋鏟聲，菜是洗淨在流理台上了，但沒有太太的身影，孩子都在房裡，異樣的安靜，可以聽到風從窗縫竄入的聲息。他來到孩子的房門口，問：「怎麼回事？媽媽呢？」

「媽媽說奶奶出去散步沒有回來，她得出去找。」

他聞言感到錯愕，到媽媽房間觀看，棉被摺得方方正正，桌上的用品一如平時擺在應有的位置，皮包也擱在櫃子的底層，沒有任何異象。是媽媽迷路了嗎？她在這社區散步不就是如常的路線，還能去到哪裡？

他正打算出門一起尋找，太太回來了，只有太太，沒有媽媽。太太衝口就說：「媽媽一個小時前該回來的，現在外頭天色暗了，我找不到，找不到，她沒說她要去哪裡啊！」

「我去找，可能迷路。」

「她沒有失智，怎麼會迷路？」

「妳看著她出門嗎？手上有沒有帶東西？」

「我又不是沒事幹一直在家顧她，我下班回來她已經不在家了。」

他不理會太太說了什麼，逕自下樓。假日的時候，他常陪媽媽在附近走走，通常繞著社區走幾圈，有時過馬路到公園坐坐。太太既找不到她，必然不在社區，他穿過紅綠燈往公園走去。

公園的坐椅空蕩蕩，孩子們都回家了，夜色逐漸將山巒上的樹影化為朦朧，路燈剛亮，淡淡的光暈照亮飄落地上的枯枝乾葉，沒有一個腳步的痕跡。他心裡有點慌，街道縱橫交錯，媽媽會走向哪裡？他望向彎向山巒的小山徑，往那小徑去，靠著淡淡的燈光，可以隱約看見路的去向，他的鑰匙圈上有一支小小的手電筒，這小小的光線必要的時候可以派上用場，所以他不怕山上的黑暗。

沿著山徑往上，樹木叢生，小徑鋪著柏油，過去也是條開發過的路，如今如蠻荒。走了十來分鐘，昏暗的暮色下，媽媽坐在一顆大石頭上。從那位置看下去，城市人家的燈火一一與夜色相迎。

「媽，妳怎麼在這裡？我們都在找妳。」

媽媽看到他，眼裡突然冒出眼淚，她用手背拭去，緩慢費力的想從石塊站起來，他去扶她，她必然坐在那裡很久了，身體都坐僵了，他手臂施了很大力氣才將她整個身子提起來，他沒想到，媽媽的身體竟這麼重。

「媽，怎麼了？妳哪裡不舒服？」印象中他沒有看過母親掉眼淚，一次都沒有。

媽媽以最緩慢的步伐移動腳步，走了一小段下山的路，腳步才靈活起來。他等她走路平穩了，又說：「以後不要再來這裡了，這條路不好走，晚上也沒燈，很危險。」

下到公園，媽媽說：「孩子，我可以回到我原來的房子住嗎？」

「自己住那裡，沒人照顧，我們也請不起人照顧妳。妳住這裡我每天可以看到，不是很好嗎？」

「你有你的生活，我習慣我的地方，讓我回去啊！」

他知道沒有答案，如果媽媽回到原來的住處，太太不但少了房租收入，還要貼錢給媽媽當生活費，他知道做不到。如果有一個土坑可以躲起來，他希望可以躲進去，漠視土地上的一切。

帶媽媽回家後，飯桌上，太太對媽媽說：「媽，妳這樣不行吔，如果妳走丟了，我們怎麼跟兩位姊姊交代，你兒子也不要做人了。媽媽，就在社區走，不能再遠了。」

媽媽沒回答，她默默地用餐。餐後也沒看電視。廚房的清洗工作都停歇下來後，家裡安靜到像沒人住。

他一直夢到大象，大象安靜站在岩壁邊，大象的鼻管垂下來，沒有一點食慾捲起樹上剛冒出的樹葉，也不吸取水坑裡的水。清晨醒來，好擔心，探看了媽媽好端端還躺在床上後，他比平時早到動物園。

大象耳朵上的花朵還在，花瓣軟塌，眼裡流著淚水，讓他驚訝的不是從昨天就流不止的淚水，而是大象蹲坐在飼育所，大象坐下來了，象腿沒力氣，誰能幫忙啊？他緊趕鎖上鐵門，急駛板車往辦公室去，他得通知主管，大象幾乎趴在地上了，誰來救救大象啊！誰來把牠的淚液止住，讓牠眼下的皮膚不致潰爛！誰又來替他開動板車！

他的腳明明踩在板車的引擎油門踏板，為何感到腳是踩在一片輕盈的空氣上，踏板在哪裡？他又猛力往下踩，卻發現腳力像一隻破了洞的氣球，沖上天空的那點力氣一下就洩掉了。誰啊，誰來幫忙開板車？他聽到自己心裡不斷迴盪這聲音，而又強烈懷疑，這麼早，辦公室還沒有一個人影上班。

【導讀】

一隻功成身退、來日無多，在動物園被單獨圈養的大象；一個老伴過世，住在兒媳家的老媽媽。老媽媽的兒子就是給大象清糞便、準備食物的飼育員。動物園的遊客對著大象亂丟東西，一枝玫瑰正好擲入牠的耳腔，大象流下眼淚。兒子的家，太太是一家之主，她料理三餐，分配家事，也嚴嚴看緊每個人的作息。作者很巧妙地以雙線進行的方式，以一隻頭上粧點玫瑰卻流著淚的大象，影射在兒子家表面享清福的老媽媽。對媳婦的刻繪，完全不用形容詞，而是借人物與事件烘托，就使一個過度嚴苛的形象突顯出來，十分高妙。

凌煙

阿公的前世情人

【作者簡介】 凌煙（1965-）

本名莊淑楨，嘉義縣東石鄉人，夫家臺南後營，現居高雄。高中開始小說創作，二十六歲以十萬字長篇小說《失聲畫眉》獲得自立報系百萬小說獎，為臺灣第一個百萬文學獎。續集二十萬字小說《扮裝畫眉》曾入圍臺灣文學金典獎。二〇〇七年《竹雞與阿秋》獲高雄打狗文學獎長篇小說首獎，亦曾獲中國文藝協會文藝獎章。著有短篇小說集《泡沫情人》、《蓮花化身》、《養蘭女子》等，散文集《幸福田園》等。

阿公的前世情人

凌煙

阿寶的一天是從阿公開始的。

「阿寶啊！要起床去幼稚園啊噢！」

「阿寶啊！妳腳手毋較緊咧，會未赴噢！」

「阿公！我要吃漢堡。」去早餐店的時候她提出要求。

「不行！恁媽媽講漢堡不健康，袜使食，土司亦是三明治好否？」阿公國台語交雜的和她說話。

阿寶開始起花，垮下臉翹起嘴嚷著：「我不要！我要吃漢堡。」

「媽媽知也，會罵捏。」阿公為難的說。

阿寶很聰明的用臭乳呆台語回答：「你莫講伊就毋知啊！」

阿公只好由著她買漢堡和巧克力牛奶，因為她要附贈的玩具，那也是她媽媽禁止的，只有和阿公在一起時，她才能予取予求。

下午阿公去幼稚園接她放學，她又趁機說：「阿公，我嘴乾。」

「嘴乾返來茨啉滾水就好。」

「我毋要，我欲啉飲料。」

「恁媽媽毋要妳啉飲料。」

「我欲啉飲料啦！阿公……」阿寶嘟起嘴向阿公撒嬌。

阿公只好載她去7-11商店讓她購買飲料，有時還加購其他兒童零嘴。如果是由阿嬤或爸爸、媽媽接送的話，就沒有這些好處，所以阿寶常說她最喜歡的人是阿公。

阿公在一家民營鐵工廠勞保退休不久，不像阿嬤因為是家庭主婦，會參加一些社區活動，例如清早去公園跳土風舞，晚上去廟裡練車鼓，偶爾還去活動中心唱歌，那些阿公都不喜歡，阿公只會去找朋友喝茶聊天，或是參加里長辦的，用工業區的回饋金辦的旅遊。

阿寶跟爸媽與阿公阿嬤同住，平常都由阿嬤煮飯，爸爸在中油上班要輪值，媽媽在一家會計事務所工作假日比較固定，有時媽媽放假爸爸沒放假，媽媽就會帶她回娘家，遇上兩人同時放假就會帶她出去玩。她其實不愛回外公外婆家，因為大舅的兩個兒子很喜歡捉弄她，常故意把她氣哭再哈哈大笑，讓她很不開心。

阿寶最喜歡兩個姑姑回家，她們都生兩個小孩，各有一男一女，所以她一共有兩個表哥和兩個表姊，這是她難得有的歡樂時光，三個女生可以玩家家酒或角色扮演遊戲，平常她都得自己一個人玩玩具，看兒童電視節目，或是和阿嬤一起看連續劇，聽阿嬤邊看邊罵么壽！

那天阿寶開始有了煩惱，她聽阿嬤說她就要有弟弟或妹妹了，她看電視裡演的，大家都想要生兒子不要生女兒。

「為什麼？媽媽不是生不出來嗎？」她的嘴角向下撇，一副不太開心的模樣。

「兮是去訂做的，花很多錢捏。」阿嬤努力解釋。

「我呢？我嘛是訂做的噢？」阿寶好奇的問。

阿嬤笑著回答說：「妳是家己來的，毋同啦！」

阿寶突然委屈的哭了起來：「所以我較無價值對否？」

阿嬤笑得流目油，故意逗她：「對啊！妳是家己來的較俗，用訂做的較貴啊！」

阿公從外面回來，看見阿寶哭得一把鼻涕一把眼淚，問明原由後唸了阿嬤幾句：

「佮囝仔講些个有的沒的欲創啥？平常就是看尚濟些个無營養的連續劇，才會予伊胡白想。」

阿公過來抱起她，拿面紙為她擦鼻涕，邊安慰她說：「阿寶啊！妳知也阮是焉怎佮妳號名叫做寶秀否？因為妳是無價之寶捏，所以要寶惜啊！」

阿寶還是抽噎的哭鬧：「我毋要弟弟妹妹啦！叫媽媽去退掉啦！」

阿公耐著性子哄她：「有弟弟妹妹妳就有伴倘耍啊！哪會毋好？妳會嘴乾否？阿公撮妳來去買飲料。」

聽到買飲料，阿寶立刻要求說：「還要巧克力。」

「好。」阿公爽快答應，只要阿寶不哭就好。

那天晚上睡覺的時候，阿寶問了媽媽一個問題：「為什麼妳還要再生小孩？」

媽媽摸著她的頭笑說：「這樣妳以後才不會太累啊！」

「我為什麼會太累？」

「因為如果我們只有妳一個小孩，以後我們老了，妳一個人又要照顧爸爸，又要照顧媽媽，都沒有弟弟妹妹可以幫妳，這樣妳就要累死了。」

媽媽神情認真的解釋。

阿寶一聽趕緊張開五根手指頭說：「那妳多生五個吧！這樣我就不會累了。」

媽媽笑著伸出兩根手指頭說：「媽媽的肚子裡只有兩個欸！」

「那以後再去訂做三個吧！」阿寶天真的話把媽媽逗笑了。

星期六媽媽放假帶她回外公外婆家，大人們都開心的在談論媽媽懷寶寶的事，舅舅的兩個白目兒子又開始鬧她：

「阿寶這下失寵了。」

「以後她就沒人愛了。」

阿寶生氣的瞪著他們，兩顆眼睛放射出想殺死他們的光線。

「好可怕！」

「她生氣了。」

兩個男生跑回他們的房間，阿寶垮著臉翹著嘴，生氣的把積木用力丟進箱子裡。

「阿寶！怎麼可以這樣？小聲一點。」媽媽回頭看了她一眼，又繼續笑著和外公外婆與舅媽聊天。

阿寶開始吵著要回家，媽媽怎麼安撫都沒用，最後生氣的對她說：「要回去妳自己回去！」

阿寶沉默了片刻，過去拿起電話打給阿公：「阿公！我要回家，你來載我。」

幾個大人聽著阿寶在電話裡花她阿公，非要他來載她不可。

外婆搖頭嘆氣說：「這个囝仔會予尹阿公寵壞去。」

媽媽從阿寶手中搶過電話說：「爸！你莫睬伊啦！」說完隨即掛斷電話。

阿寶張大嘴放聲大哭，媽媽厲聲恐嚇她：「嘴巴閉起來！不准哭！再不聽話就把妳丟掉，換一個聽話的回來。」

阿寶哭到一半就閉上嘴巴，嗚咽了兩聲，突然委屈的頂嘴說：「外面揀的也是人家不要的，怎麼會聽話？」

外公外婆與舅媽全都笑翻了，媽媽好氣又好笑的說：「只要比妳聽話就好。」

「那妳肚子裡的弟弟妹妹就會聽話嗎？」阿寶不服氣的問。

「我會叫他們不要跟姊姊學。」媽媽有點生氣的說。

阿寶覺得自己的心受傷了，有一種酸酸的味道在鼻腔間，沒有人瞭解她的感受。

星期日爸爸放假睡到將近中午才起床，媽媽主動買菜煮飯，阿寶就跟阿嬤去美容院剪頭髮，和美容院阿姨家的嘟嘟玩得很高興。回家的時候媽媽已經煮好飯菜，阿寶對著她的餐盤開始發愁，因為上面放著她最不喜歡的紅蘿蔔和洋蔥。

「要全部吃完，不准挑嘴。」媽媽帶著警告的意味說。

「紅蘿蔔和洋蔥有奇怪的味道。」阿寶抱怨著。

「它們都很營養，小孩子飲食要均衡才會頭好壯壯。」媽媽堅持說。

阿寶吃了幾口飯，把魚和滷肉吃掉，就是不碰紅蘿蔔炒蛋和培根炒洋蔥。

「趕快吃完，等一下爸爸帶妳去大魯閣草衙道坐小火車。」爸爸催促她。

阿寶勉強吃了兩小口，還是說：「我不喜歡吃。」

「不喜歡也要吃，那些沒有吃完就不能去，妳自己在家好了！」媽媽嚴厲的說，起身去拿湯匙。

阿公迅速的伸出筷子從阿寶的餐盤裡挾了一口紅蘿蔔放進嘴裡，邊說：「趕快吃喔！不然就不能出去玩了。」然後又挾了一口洋蔥。

阿寶的媽眼尾餘光將公公的小動作盡收眼底，回到餐桌坐下，馬上又補了兩大口。

阿寶快哭了，大聲抗議：「我不要！」

媽媽瞪著她，厲聲說：「吃！」

阿寶哭叫：「我不要！」

媽媽生氣的命令：「吃！」

「我不要！」

「吃！」

「我不要！」

「我看妳是皮癢了。」媽媽起身去拿那根竹製的抓扒仔來擺在桌上。

阿公著急說：「囝仔用講的就好，食飯哪著夯箠仔楨啦！」

媽媽忍不住抱怨：「爸！這个囝仔已經予你寵壞去矣，要用箠仔講伊才聽有啦！」

阿寶看見抓扒仔，既害怕又委屈的張嘴嚎啕大哭。

爸爸也出聲說：「阿寶不乖喔！不聽話就要修理。」

媽媽氣急敗壞的拿起那根抓扒仔作勢要抽打她：「妳還敢哭？真的皮癢是不是？」

阿寶悲從中來的哭著說：「我知道因為要有弟弟了，所以你們不愛我了，以後你們就只會疼弟弟，沒有人會愛我。」阿寶越說越傷心，哭得像個小可憐一樣。

爸爸聽了她的話，走過去抱起她，心疼的安慰說：「怎麼會呢？爸爸最愛的還是妳啊！因為女兒是爸爸的前世情人啊！」

阿寶滿臉淚痕的向阿公伸出雙手說：「才不是，我是阿公的前世情人。」

阿公立刻上前將她抱進懷中，阿寶環抱著阿公的脖子，祖孫倆就像一對剛經歷過天崩地裂的戀人一樣。

「阿公會永遠愛妳。」

【導讀】

「女兒是爸爸的前世情人」，這是一般形容父女親密關係的一句話，本文以「阿公」取代「爸爸」，以突顯阿公與孫女的親密關係，但其主題則在傳達本來獨生的孩子在面對媽媽又將生下弟妹時的不安。作者在年方廿六時，就以第一部長篇小說，奪下臺灣第一個百萬文學獎，此後寫作不輟，即使刻畫的是小人物的生活片段，也可看出其寫作功力，和揣摩人物情態的技巧。

陳柏欽

床痞

【作者簡介】陳柏欽（1972-）

臺南人，成大藝術研究所畢業，曾任臺南市社會局社會行政課長、新市區公所人文課長、文資局文資保存研究中心科長等職務，推動「文化資產氣候風地圖」文資環境監測、臺南興濟宮彩繪修復等；現任臺南生活美學館館長。青年時期即經常發表創作，以小說為主，為臺灣網路小說起飛時代的網路小說寫手，作品散見報章雜誌與網路，著有《森林中的甜蜜寓言》、《小葉》等書。

床痞

陳柏欽

西元一九八八年的六月，我結束宛如地獄般的國中生活，並在七月的時候參加高中聯考，然後又在九月的時候回到同一所學校，開始三年的高中生活。

那一年的九月，我認識了坐在我右手邊座位，後來綽號為床痞的林祐志。床痞身材高瘦，籃球打得很好。但是，進了我們學校之後，除了體育課，他不再打籃球，反而參加學校樂隊，學了小喇叭。我清楚記得那年的十一月，他第一次在我面前吹奏曲子的情況。那或許稱不上一首曲子，只是一連串音調聚集而成的集合體，除此之外，不帶有任何特殊意義。

對於床痞低劣演奏技巧無法忍受的我，終於揮手示意，要求他停止這拙劣的演出，「你這小喇叭吹得這麼爛，以後怎麼跟人上台表演？我看，你手上的 trumpet 在你練出師前，最好蒙在家裡的棉被裡頭苦練，別拿出來丟人現眼。」

「什麼？什麼床痞？」他放下手上的小喇叭，一臉疑惑地看著我。

「喔，天啊！」我雙手一攤，搖頭看著他，「你連 trumpet 是什麼，都不知道，還跟人家參加什麼樂隊？Trumpet 就是小喇叭，你的英文得加強加強。」

他聽了，舉起小喇叭在後腦刮搔，不好意思地笑著，「我還以為你說的是床鋪的床，痞子的痞。」

總之，從這天開始，床痞就成了他的綽號。

高中畢業後，由於就讀不同的大學，這四年間，我沒再見過床痞，大一上學期之後，更是沒了他的消息。只曾經在大二時，從一位在街上偶遇的高中同學那裡得知，床痞曾經在臺北市某個地下道演奏小喇叭，當起街頭藝人。

聽了這個消息，我的第一個反應是，「喔，原來他已經可以吹完一首曲子啦？」實際上，在我們高二的時候，床痞已經是學校樂隊裡頭，小喇叭吹得最好的一位。

那是我最後一次聽見床痞的消息。在那之後，沒有同學知道床痞的下落。有人傳聞，曾經在紐約街頭看見床痞摟著一個金髮美女；又有人說，床痞曾經出現在倫敦。總之，床痞成了高中同學之間的傳奇人物。

所謂傳奇人物，說的其實就是用來形容，非常理能夠理解，帶點神秘色彩的人物。換句話說，就是個精神可能不太正常，而且喜歡離群索居的人。更簡單地說，就是怪人。不可否認，床痞在同學眼中的確是個怪人。這多半和他不喜歡與人交際的性格有關。對他來說，除非真的投契，床痞根本不願意浪費任何一點精神與人交往。

但是，我清楚知道，在床痞略帶冷酷的外表下，其實有顆容易受傷的心。正因為有著容易受傷的心，床痞才會把自己裝得冷漠，以減少受傷的機會。這並非由我的主觀臆測而得，而是經過事實的檢證所得的結果。

會造成床痞這種個性，與他的家庭背景有著不小的關係。

高二暑期輔導結束後的某個下午，我正躺在床上睡午覺的時候，床痞撥了電話過來，問我有沒有空，要陪他出去晃一下。

「幹嗎？失戀啦？」神智還沒清醒的我，還是跟他開玩笑。

「失戀你個頭。你出不出來？」從聲音可以知道，床痞的心情極為惡劣。

聽他一說，之前的睡意全消，我立刻坐直身子，「哪裡？」

當我到達約定的曾文溪畔堤防，床痞正拿著他的小喇叭，吹奏一首聽來略帶哀傷的曲子。沒打斷他，我猜他也知道我來了，我靜靜將機車停好，坐在車上聆聽他的演奏。

夏天午後的陽光好亮，讓我幾乎睜不開眼睛；好熱，即使偶爾吹來的風，也帶著炙熱的暑氣。溪畔河床地上散落著許多翠綠色的西瓜，如同隨意撒落在地上的綠色玉石一般發亮。機車旁的黃色野花停著一隻白色蝴蝶，不一會兒又飛走，轉個幾圈後，再次停落在剛剛那朵野花上頭。從我們頭頂上飛掠而過的麻雀吱吱喳喳，胡亂鳴叫著，即使在炎熱的夏日午後，這個世界依然充滿了活力。

然而，床痞吹奏的音樂卻含著一股冷冷的氣味，那是充滿無力與無奈的樂聲，對生活以及未來的無力。不知過了多久，也許只有三分鐘，床痞終於停止吹奏，伸手抹去額頭上的汗水，然後回過頭看我，「來了？」他努力使自己看來有點笑容。但是，這個舉動反而讓他看來更為哀傷。

「嗯。」我站起來，將雙手插在牛仔褲口袋上。我噘起嘴，「你怎麼了？」

他搖搖頭，走到自己的機車坐下。看來，他還不打算告訴我，究竟發生了什麼事情。

「喝飲料。」見他不說話，我趕緊拿出事先在便利超商買來，鋁罐側壁還泛著水珠的冰涼可口可樂，遞了一罐給他，「你喜歡的。」

他笑著接過，打開就喝，沒多說什麼。過了幾分鐘，我們都喝光手中的可樂之後，床痞將鋁罐放在地上，往後退一步，又衝向前奮力將鋁罐踢得老遠。可樂空罐在曾文溪上方的碧藍色天空中畫出一道紅色的弧線，無聲掉落在遠處的草叢中。

「你這是沒有公德心的行為。」我笑著搖頭，卻緊跟其後，將我的可樂罐踢了出去。

確定可樂罐降落的地點後，我回過頭看床痞一眼，「我踢得比較遠。」

「哪有？我的比較遠。」他爭辯著。

「不需要狡辯，我踢的比較遠。」

「去你的，我的比較遠！」、「我的！」、「我的！」、「我的！」、「我的！」……一連串無意義的爭執後，我們笑了起來。笑聲似乎傳到了曾文溪的對岸，床痞發現，一位在河川地上工作的老先生抬起頭朝我們的方向看了一眼。

「管他的。」我撇撇嘴，「不過，你幹嘛心情不好？」我想，該是切入正題的時候了。

聽我一問，床痞立刻收斂起笑容，望著曾文溪的另一岸，一句話也不說。接著，他掏出香菸，並點上一根，兀自抽了起來，彷彿正思索著，要如何開口。

「喂，菸。」我喊了他。

床痞一聽，轉過頭來，瞪大著眼睛看我，「你不抽菸，不是嗎？」

我聳聳肩膀，「突然想試試看了。」

床痞搖搖頭拒絕了我，「不好。以後想抽，我管不著，也不會阻止，但我不希望你的第一根香菸是我給你的。」

我笑著點頭，接受了他的好意。

他回我一個笑容後，抽了長長一口菸，「我媽要結婚了。」他吐出嘴裡的煙，淡淡地說。

這次換我瞪大眼睛看他，不知道該說什麼才好，或者能說什麼。

認識床痞不久之後，他告訴我，他從小就與母親相依為命，「爸爸或父親這個名詞，對我來說是沒意義的，甚至是個負面的名詞。我媽是他外遇的對象，當我媽懷了我之後，他要求我媽將我拿掉。但我媽不肯，執意要把我生下來。於是，那個在遺傳上應該是我父親的男人離開了她，而我的母親也離開她從小長大的家。她幾乎是被我外公趕出門的。」

床痞說，他從來就沒辦法理解公民課本裡頭所說的，舅媽與嬸嬸之類的稱呼有什麼分別。因為，他唯一的親人只有他的母親。「她一個人帶我，把我拉拔長大。我們一起度過每個日子，一起分享所有的喜悅與快樂。」

在床痞心目中，他的母親就是他的母親，也只會是他的母親，不會成為別人的母親，或者別人的妻子。她應該與床痞一樣，世界上只有這一個親人可以相依為命。但是，眼前的情況卻不同了。如果他的母親嫁人，她會成為別人的妻子，甚至將會是另一個小孩的母親，不再為他所獨有。

「我不得不承認，我有一種被背叛或者遺棄的感覺。」床痞看著我，緩緩說了這句聽來像是指控他母親的話。

或許我該告訴他，他的母親有權利追求自己的幸福。畢竟，從她年輕到現在，除了與床痞那個遺傳學上的父親的短暫感情外，她沒再享受過被人呵護、疼愛的感覺。多半的時候，總是她呵護、疼愛床痞，犧牲了自己。然而，我終究無法說出口。我擔心，一旦我將這句話說出來，床痞可能會認為，我也背叛了他。

他似乎發現我略帶猶豫及不安的神情，嘆口氣說：「我知道你想說什麼，我也知道我媽有權利追求她自己的幸福。只是，主觀上我實在沒辦法接受她就要結婚的事實。」

「可能需要一點時間吧。」我小聲說。

床痞一聽，哈哈大笑起來，重重在我肩膀上拍了一下，「我就知道你會這樣說。」接著，他又拿起小喇叭，吹奏了一首我不曾聽過的曲子。吹奏結束後，他點上一根香菸，吐了些許出口隨即被風吹得四散的煙，「還有一年。一年之後，我要離開這裡，從大學開始我的新生活。或許，永遠不會再回來這裡了。」他信誓旦旦地說。

我楞了楞，「你媽怎麼辦？」

他搖頭又聳肩，「她會有個幸福的新家庭。我未來的父親是個好人，他很疼我媽。我想，沒什麼好擔心的。我們不應該將彼此牽絆住，不是嗎？」

「或許你媽根本不會覺得你絆住她，或妨礙她追求幸福。」

他吞吐了一口煙，緩緩說：「或許吧。」

那次之後，我再也沒聽過床痞提起家中的任何一件事。同時，他對周遭所有事物愈來愈冷淡，或者說根本漠不關心。除了我之外，床痞幾乎不與任何人交談，樂隊自然也不去了。不過，他用自己存了好久的錢買了一把小喇叭，偶爾他會在曾文溪的堤防上吹給我聽。

「樂隊不去，因為我不想再與那些人接觸。但是，我還是喜歡小喇叭。」拿著新買來的小喇叭時，他這麼告訴我。

或許，對床痞來說，別人怎麼看待他一點也不重要。重要的是，他可以在什麼地方用他自己的方式找到快樂。然而，偶爾在他眼中發現的憂鬱，卻不免讓我懷疑，他快樂的時間多一些，還是悲傷的時間多一些。

一直到畢業之前，這種情況一點也沒有改善。「改善」是我的看法，但對床痞來說，別說改善，就連改變也可能一點意義都沒有。

然而，不管改變不改變或者改善不改善，時間還是會繼續進行，毫不停歇。

大學聯考之後的某一天，床痞一大早來到我家，將睡夢中的我叫醒，「給你介紹一個人。」朦朧中，我看見了床痞興奮的神情。

「誰？」拉好掀到肚子的背心，我揉揉眼睛。

「我的女朋友。」他的聲音中充滿了喜悅。

這時，我才清醒過來，睜大眼睛看著他，「你什麼時候有女朋友了？」我非常肯定，高中這三年，床痞不曾有過女朋友。

「上星期五。」

「上星期五？」我歪著頭，「還不到一星期。」

「囉唆。」他揮手敲了我的後腦，「管那麼多做什麼？就算是昨天晚上，我還是可以在今天將她帶來。你看不看？人家在樓下等著。」

我搖搖頭，嘆口氣，「人都來了，還能不看嗎？」

「去你的。」床痞又重擊了我，「我可是帶美女來給你看，別說得好像是我強迫你似的。」

接著，我認識了床痞生命中第二個喜歡的女人。第一個是他的母親。我不知道以後會不會有第三個、第四個、第五個，乃至於床痞自己都搞不清楚的數十個。然而，在那個當下，他向我介紹他的女朋友怡伶時，他的眼中的確閃耀著幸福的光芒。那是在他母親結婚後，有好長一段時間不曾出現在他臉上的表情。

那年暑假，上成功嶺前三日，是我最後一次和床痞見面。我清楚記得那天下午，他帶了怡伶和另一個女孩子來找我。

床痞向我介紹，與他們一起同行的女生叫做雅靜，是怡伶的手帕交。趁著幫兩個女孩子買飲料，站在便利超商冰箱前，床痞用手肘撞撞我，在我耳邊說：「介紹可愛的女生給你，夠意思吧？」

見我笑而不答，床痞又用力撞了我一下，「拜託，要不是雅靜告訴怡伶，說她想認識你，我才不會帶她來。女孩子主動想認識你，你該高興一點才好。」

聽他這麼說，一種虛榮感從心底湧了上來，我開心地笑了。

「哼，暗爽喔！」床痞笑著瞪了我一眼。

「不過，他怎麼會知道我？又怎麼會想認識我？」我想，這是個有必要釐清的問題。

床痞突然狡詐地笑著，「我啊。雅靜跟我們一起出去的時候，我就會在他們面前提到你，說你是個體貼又善解人意的好男生。多說個幾次，女孩子總會感到好奇的。」

「夠了你！」我一巴掌重重拍在床痞的背上。

之後，在我大學的第一年，雅靜成了我的女朋友。只是，由於分隔南北兩地，我們極少有機會見面。床痞與怡伶也是一樣。他們在交往半年，大約是一九九二年的一月，因為無法忍受長距離戀愛那種想見卻見不到、想碰卻碰不到的虛無感而分手。

根據雅靜的轉述，床痞在臺北有了新的女朋友，因而拋棄怡伶。「都是你那個好兄弟害的。怡伶每天在學校就是對著我哭訴，上課的時候也只是發呆，什麼都不做。她說，她真的沒辦法想像沒有床痞的日子要怎麼過。她甚至告訴我，她想自殺。」

當雅靜氣憤地在電話另一端對我控訴床痞的不是時，我只能沈默不語。實際上，我很想告訴雅靜，沒有誰非得要另一個人才能活下去。床痞離開他曾經認為只屬於他一個人的母親，依然活下去了。以前的怡伶，即使沒有床痞，還是可以活得好好的。未來也是一樣，只是在這短暫的期間內，她自己沒辦法接受罷了。其次，我沒見到床痞，不瞭解整件事情的經過，包括他們為什麼分手。然而，就算與床痞見了面，我又能說些什麼？分手或者交往，那是兩個人之間的事情，旁人沒有置喙的餘地。

總之，床痞與他生命中第一個及第二個喜歡的女人，終於漸行漸遠，然後在生命的進行中，他又用幾乎稱得上無情的方式，砍斷了自己與她們的關連。或許，當雅靜對我述說這件事情的時候，床痞與他生命中的第三個女人牽著手散步逛街，而怡伶則趴臥在床上痛哭，回憶著短暫戀情中的所有點滴。

那一年的暑假，我和雅靜跟隨了床痞他們的腳步分手了。之後，我沒再聽過床痞的消息，更沒見過他。至於雅靜與怡伶，更是從我的生命裡頭消失了蹤影，在屬於她們自己的地方過活，留下的只有空幻卻又真實的回憶。

經過了這麼多年，我終究沒有機會再見到床痞。如同床痞所說，高中畢業後他就沒回過臺南。聽我母親說，即使在床痞母親去世的時候，也不見他的蹤影，「聽說失蹤了，沒聯絡上。誰知道他會在哪裡呢？」

總之，床痞徹徹底底成了高中同學間的傳奇，成了母喪未歸的不孝子，或者成了曾經拋棄怡伶的負心男人。這些稱號都是我們這些旁人所強加在他身上，他是否願意承認其中的任何一個，並不是我所能替他決定或者辯駁的。這些標籤只有在床痞下定決心面對問題，或者提出說明的時候，才能進一步檢驗他們的正確性。然而，如果他是我所認識的林祐志，那個被我稱為床痞的男人，我可以肯定地說，他根本不會，也不可能為這些事情提出任何一絲的辯駁。

幾個月前的某一天晚上，我和陳，大學時期的一位女性朋友，一起到一家酒吧喝酒。在那之前，陳告訴我，「第一次去那裡的時候，有個中年男子正在演奏一首叫做『Someone to Watch Over Me』的曲子。你聽過嗎？」

我搖搖頭，「不曉得，沒有研究。即使聽過，也不會曉得曲名是什麼。」

陳想了一下，接著說，「好吧，不管你知不知道，或者有沒有研究，總之，那是一首我非常喜歡的爵士鋼琴演奏曲。」

關於所謂爵士樂這樣的東西，我一點都不瞭解。但是，依稀間，我記得床痞似乎曾經在我跟前吹奏過幾首聽來像是爵士樂的曲子。他告訴過我那幾首曲子的曲名，但我從來不曾記得其中的任何一首，只知道「喔，原來這種類型的音樂就是爵士樂啊！」

後來，在陳的再三鼓動下，我答應了與她一起前往那家酒吧，欣賞她口中的美妙演出。陳甚至向我保證，如果聽過之後感到不滿意，那天晚上就由她請客。

只是，在我們踏進酒吧的一剎那，陳失望轉過頭看我，「不是上次那個。今天晚上好像是小喇叭演奏。我不想進去了。」

對陳來說是種失望，但對我來說，小喇叭總會令我想起床痞，「說不定會是他。」

「沒關係，既然來了，我們就聽聽看。這麼晚也沒什麼地方可以去。」我笑著安慰陳，

「可是……」陳還猶豫著。

不待她把話說完，我摟著她細弱的肩膀，幾乎是半架著將她帶進酒吧，並找了個靠近演奏者的位子坐下。

在昏黃的燈光下，小喇叭樂師的臉孔變得模糊不清。但是，他吹奏小

喇叭的肢體動作，對我來說，卻是那樣的熟悉，一點都不顧到底有多少人正在觀賞，更不管人們如何反應，只是忘情表演，讓自己與小喇叭合作演奏的曲子可以感動台下的觀眾。再看看他的身材，高挑而細瘦，幾乎就是我印象中的床痞。

就在他的曲子正要結束的時候，我嚥了嚥口水，期待當他轉過頭的時候，將會發現他，其實是我高中時代的好友。當他演奏結束，鞠躬向觀眾致謝的時候，我終於看清楚他的長相。那不是床痞，僅僅是個身材相近，蓄著小鬍子的中年男子。

失望之餘，我隨手拿起擺在眼前的長島冰茶啜了一小口。在一旁的陳卻發出讚嘆，「吹得真棒！原來小喇叭也可以這麼動聽！你說是吧？」

「喂？」見我沒有回應，陳推推我。

「嗯？」這時我才回過神，想起一秒鐘之前，陳似乎問了我某個問題，「嗯，對。」我胡亂回應著。在小鬍子男人演奏的時候，我專心在他身上尋找床痞的影子，根本忘了聆聽他的演奏。

「看你專注的樣子，我以為你聽得很認真。」陳說，「結果，你竟然在發呆。」
「也不是發呆。」我聳聳肩膀，「我只是在尋找。」
「尋找？」陳側著頭，「尋找什麼？」
我又喝了口長島冰茶，瞥了台上的小喇叭樂師，再看看陳，「尋找，尋找我的高中死黨。」
接著，我將床痞的事情一點一滴告訴陳。至於雅靜的事情，我則省略不提。當然我也告訴他，今天的小喇叭演奏究竟令我期待些什麼。如果今天不是小喇叭，而是薩克斯風或其他鋼琴以外的樂器，我可能就會附和陳的意見，轉身離開這家酒吧。
聽完之後，陳興奮地點點頭，「真有趣。那台上的是你同學嗎？」
我又看了樂師，嘆口氣說：「看我的反應，你也知道不是。」
「真可惜。」陳失望的程度，似乎比我還多。
我聳起肩膀，「也沒什麼好可惜的。畢竟，在這個幾百萬人的大城市，想要遇見某個人，除非上天真的決定讓我們相遇，否則，即使花了大半輩子，也可能見不著面。更何況，床痞可能根本不在臺北，不是嗎？」

「說得也是。」她沈默一會兒，眼睛突然亮了起來，「你可以問問那個人，說不定他剛好認識床痞。」

我笑著搖頭，表示不可能吧。

「別這樣。」陳將手搭在我的肩膀上，「我們不能因為先入為主認定某件事情絕對不會發生，而拒絕行動。事實上，我們永遠不曉得未來會發生什麼事，因此，只要願意去嘗試，即使機率再渺小，也是有成功的可能。」說到這裡，陳喝了一口海尼根啤酒，「在幾百萬人的大城市要找一個人的確很難，但是，如果我們將範圍縮小至『玩小喇叭的人』，那麼對象可能只剩下幾千人，機率就提高很多了，不是嗎？」

陳的說法說服了我，讓我點頭，「等一下休息的時候，再過去問問看吧。」

「也許可以請他喝一杯酒。」

「如果可以這麼順利，請他喝杯酒，又有什麼不可以的呢？」我說。

台上，小喇叭樂師結束一首曲子，拿起麥克風說：「接下來這首曲子，是我一位朋友譜寫。他說，這首曲子沒有名稱，只是把年輕時隨感覺亂吹的曲子記錄下來。但我很喜歡。」

然後，當樂師開始吹奏一小段，我的記憶回到高二那年的曾文溪堤防。我曾經在那裡聽過這首曲子，也是唯一的一次。

【導讀】

「床痞」，文字不知所云、讀音也不知要用華語或台語，總之，讓人產生違和感的標題，必須展讀才知其所指。原來「床痞」是「trumpet」（小喇叭）的音譯，也是篇中「我」的朋友的綽號。本篇書寫的是一個小時代的一個小人物的一小段人生小故事，沒有迂迴曲折，沒有驚濤駭浪，卻是每個人人生中都可能有的際遇：在成長過程中曾經非常親近的朋友，突然地就失去了聯絡，但某個牽繫一直存在著，也許幸運，在某個不預期的情境中，重逢是可能的。就是這種普遍性，讓讀者不自禁在其中追索自己曾經的形影。

張英珉

鱷夢

【作者簡介】張英珉（1980-）

臺灣藝術大學應媒所畢業，曾讀過農校，學過視覺傳達設計，文學作品曾入選九歌童話選、散文選、小說選。著有《給初學者的編劇遊戲》（與呂登貴合著）、《長跑少年》（與吳嘉鴻合著）、《兔子先生的導盲龜》（與沈健詩合著）等書；影視作品《喀噠大作戰》曾入圍金鐘獎電視電影類劇本獎，及入圍新加坡亞洲電視節最佳電視電影獎。曾獲梁實秋散文獎優選、時報文學獎新詩獎、林榮三文學獎、倪匡科幻獎科幻狂想項首獎、BENQ 真善美獎首獎、溫世仁武俠小說短篇小說首獎等等。

鱷夢

張英珉

黃昏殘餘日光被地平線遮蓋，這是一天當中的金黃色光時刻。我和同班同學阿瓜坐在溪邊堤防聊天。天色愈來愈暗，遠處平原上的逆光電線桿和暗紅色彩霞好像是印象派的油畫，前方溪流上的大綠頭鴨和小綠頭鴨一起悠游著，現在好像八點檔的偶像劇喔。天光漸漸變紫，風徐徐吹來，我閉上眼睛。此時空氣中響起里長家聽不清楚的公共廣播：

「今天……茲……水……茲……大家準備……」

因為常讓人聽不清楚，村裏的人也不把廣播當一回事。

就在我從口袋掏出烤地瓜，大口吃著的時候，阿瓜突然拉著我的衣袖，一開始我不以為意，但是她的手愈來愈抖。「你怎麼了？」我輕聲偷問，我本來只想要牽手，還沒想要接吻的心理準備咧！然後阿瓜抓緊我的衣袖又放開，我知道了！難道這就是所謂的「少女的矜持」？

「小剛……ㄜˋ……」

「餓？我有買地瓜給妳吃啊，妳還吃很快呢，不然我這個再給妳吃……」

「不……是……小……剛……」

阿瓜聲音顫抖，原來女孩子害羞起來說話會變這樣啊！

「那是怎樣？」

「有！鱷！魚！」

阿瓜在我耳邊大聲的吼叫，我差點耳聾了。

「怎麼可能……」

我站起來，看到前方一陣水痕，泛起的波浪轉小成漣漪緩緩的到了自己的腳邊。

「怎麼可能，妳一定是看錯了啦！」

就在我不以為意的時候，前方溪面上的一隻小綠頭鴨突然間噗嚕嚕的沉到水裡面去了，大綠頭鴨驚慌啪啪拍翅振起了一陣水花，接著又一隻小綠頭鴨被拉到了水裡面，溪面的波浪晃啊晃的，我呆滯的看著，一下子說不出話來。

這一下子，我終於和阿瓜手牽手了，我緊張的拉著阿瓜跑回到我阿嬤開的雜貨店，天色昏暗，不小心撞到了巷口的提著雞的水𡢃，趕緊說了好多聲抱歉，然後又撞到在外地唸書難得回來的大福，上氣不接下氣的和大福說再見，跑到阿嬤家，一推開門，看到正在炒菜的阿嬤，就把我和阿瓜剛剛看到的畫面一五一十的說出來，阿嬤頭也沒抬起來的繼續剁菜。

「憨孫，那是鱸鰻啦，我們這小所在哪來的鱷魚，有鱷魚我就掠來做皮包，要不然放在外面展示，這樣子我們生意會好一點。」

「阿嬤，那真的是鱷魚啦，妳有看過那麼大的水痕嗎？」

我把雙臂全部張開。

「好啦，要是有鱷魚，阿嬤掠給你們倆加菜。」

吃完飯，我和阿瓜又跑到了里長家，和同學阿華說傍晚看到的畫面，一開始我和阿華竊竊私語的說著，但是正在和里民泡茶開講的阿華爸爸聽到，就把我和阿瓜叫來，把傍晚發生的事情說一次。一說完，沒人相信，眾人都哄堂大笑，笑我和阿瓜很笨，害我覺得超不好意思。

可是第二天早上，阿華的里長爸爸就笑不出來了，因為他家養了五年的大狗大白不見了，而溪邊的堤防上有一大灘血跡。我也笑不出來了，因為那堤防上一大灘血的位置，就是我和阿瓜昨晚看夕陽的地方。

從有記憶我就住在阿嬤家的二樓，小時候父母親離婚，我跟著媽媽，有時候爸爸會來看我，但我印象中的爸爸一直很模糊，國小三年級之後爸爸就再也沒出現過了。後來媽媽北上工作，她說都市賺錢比較多，鄉下花錢比較少，她說等我長大再上臺北，她會花錢讓我唸有一大堆椰子樹的大學。

阿嬤住在一樓柑仔店後隔間中，隔間裡面堆著大小的貨品，只有一張木板床和撿回來的小書桌。我想二樓比較通風，但阿嬤說住了這麼多年了，習慣了，重點是住一樓還可以防小偷，所以把二樓給我睡。

這天星期五一早醒來，晨光才從窗戶毛玻璃外偷跑進房間，我睜開眼睛就聽到了村子裡面許久不曾出現的轟隆隆汽車聲，我探頭出窗外，看見好幾台白色、車頂有天線的廂型車從村外的道路開進，一下子就把阿嬤家旁邊的空地停滿。這些車子停好之後，天線就慢慢的動了起來，我在想，這不是村長家樓頂裝的小耳朵嗎？車子上面怎麼會有小耳朵呢？

早起種田的福伯扛著鋤頭走過去溪邊，一下子就被白色廂型車上下來的人攔住問話，遠遠的，不知道問了什麼。我看了鬧鐘，才七點鐘，怎麼這麼多人這麼無聊呢？走下樓去，阿嬤已經把鐵門拉起來，我打開電視，轉到新聞台，這時候才發現，電視裡面正是鄰居家的福伯！他開心地抱著剛從田裡收成的冬瓜站在電視中侃侃而談自己是如何看到鱷魚。

「前幾天有傳出水鴨被吃掉的消息。然後我們有來巡田，都沒看見。」

福伯把鋤頭放下來，把斗笠抖了抖，然後把冬瓜抱起來。

「我種的冬瓜都可以長大十來斤，煮冬瓜湯很好喝喔。」

福伯根本沒看到鱷魚啊！我大叫著，福伯知道的都是昨天我所說的啊！

「阿伯，沒有人要問你冬瓜啦！鱷魚出現之後，有沒有什麼損失呢？」記者這樣子問了起來。

「大概損失了兩根冬瓜之類的吧。」福伯摸摸頭。

他根本不看電視的，我看他搞不好以為鱷魚吃素啦！

記者一看就知道問錯人了，於是只好轉身問了別的人，我跑到二樓往窗外看，大家抱著早上摘的菜要送給記者，冬瓜菜瓜小白菜一下子就堆滿了記者的腳下。

我往外看著車上的天線，我突然想到，原來這就是傳說中，臺北高科技不分區域都可以連接現場節目的SNG車！無論是上山下海火災都可以現場直擊，一旁的記者正在連線報導，摸著看不到的小耳機說著「我們把鏡頭還給棚內的主播」，我終於親眼看到了！

然後我轉開電視新聞才發現各台都來採訪了。然後阿嬤拿起早報來看，才發現今天的報紙裡面有一則小小欄的地方趣聞。

「臺南鄉下傳出吃掉水鴨的大鱷魚。」

有消息指出，我們家後面的這條溪發生了鱷魚吃水鴨事件，還在查證中。

我才發現，原來昨天和里長聊天的那幾個人中間，有一個是地方報的記者。或許是地方上太久沒有這種事情了，新聞報導之後，這消息快速的在村子裡面蔓延，一下子村子裡面的人都來圍觀了。

外面有什麼好圍觀的呢？新聞節目結束之後，我到了馬路上去，試圖靠近數台白色的 SNG 車與記者，但是記者卻都沒有人對我有興趣。這都是我和阿瓜發現的啊！為什麼都沒有人來訪問我呢！記者訪問完里長後換訪問收菜的阿桑，我在一旁拉著記者的衣服，還是沒有記者對我有興趣。

窗外的人群就這樣子聚到了晚上，打開電視，好看的卡通結束之後，新聞突然和平常的播報不太一樣，一個主播和帶著方框黑眼鏡，留著落腮鬍的中年人對談著。

「請問教授，關於這次鄉下的鱷魚事件，有什麼看法呢？」

「這次的鱷魚大概也是附近的養殖場流出的鱷魚，或是有人棄養的短吻鱷魚。臺灣目前是沒有原生種的鱷魚。」

「喔，臺灣沒有原生種的鱷魚？」

「事實上，臺灣過去是有鱷魚的，命名為『臺灣古鱷』，不過都是化石了。但是這起事件，應該是臺灣養殖池常見的『凱門眼鏡鱷』，還不算是凶狠的鱷魚。」

「那會不會造成周圍的危害，據說已經吃掉了好幾隻鴨子和一隻狗了。」

「不，我不認為這隻鱷魚能夠吃掉狗，因為臺灣人不可能讓一隻鱷魚在野外長到如此大隻，有這麼大的鱷魚早就被臺灣人吃掉了。」說完教授還偷偷用手抿住嘴，笑了一下。

「呵！那請問一下教授，你研究鱷魚這麼久了，對鱷魚有什麼看法？」

「呵呵，大家都被鱷魚的外貌騙了，鱷魚媽媽是動物裡面最愛小孩的，會一直細心的照料小鱷魚，在小鱷魚孵出之前不離開巢邊，小鱷魚孵出之後還會把小鱷魚啣出巢穴，此外，鱷魚流眼淚不是因為難過，而是因為身體的水分比例不對，排出鹽水。」

採訪看到這裡，我突然想起我爸爸，村子裡面的人竟然罵他，鱷魚也會流眼淚，原來鱷魚才不會真哭！

看完了這個採訪，我決定也要去看這隻鱷魚的真面目，於是隔天星期六一大早，我和鄰居阿貓以及阿瓜決定要去找鱷魚，這鱷魚可是我們發現的，不能讓別人給獨享去了。

阿貓帶著補蟲網，阿瓜帶著午餐餐盒。我帶著阿嬤開鐵門用的鐵桿，沿著溪走下去，平常都不會有人來的溪流邊一下子跑進了數十人，心裡面覺得好疑惑，愈走下去人愈來愈多了，陸續有許多轎車開進來，許多外地來的人一家大小帶著望遠鏡、野餐籃的在溪邊走著。我們三人覺得不太對勁，才發現一早村外的道路就塞滿了轎車，SNG車已經被擠在外頭，車子就這樣佔據了整村子。

平常寧靜的村落，現在竟然各處都湧進了人，一下子就擠得水洩不通，連六年一次作醮都比不上。接著打香腸的攤位進駐了，賣果汁的攤位也進駐了。村裡面的便利超商還派人在這邊擺了橘色的大水桶賣飲料。

我看到一家人開著休旅車來，才剛停好車，我湊上一問，才知道怎麼回事。

「新聞報導說這裡有鱷魚，週休兩天，帶小朋友來看看啊。」我聽了覺得好不可思議，接著村長廣播又傳來了破碎聲音，仔細一聽原來是阿嬤趕緊透過村長廣播叫我。

「茲…臭小剛，忙…茲…不過來了，快給我回家幫忙啦。」

我只好趕緊跑回家，看到阿嬤揮汗如雨的搬著貨物，賣飲料和零食給外來的人。

「汽水和運動飲料已經沒有了，趕快幫我搬貨下來！」

人潮一波波的湧入來看鱷魚，汽水賣光了又要叫貨，餅乾賣光了再叫五箱。一整天我都不能去鬼混，都在幫阿嬤補貨，供不應求，忙得我滿身汗。

「怎麼這麼多人啊？到底哪裡來的？」

晚上阿瓜來幫我，從村外的貨車再叫了許多運動飲料還有洋芋片。

「這就是觀光客啊。」阿瓜邊幫我搬貨邊說。

「耶，我們這裡終於可以變成迪士尼了！」

晚上鄉長來了，電視新聞採訪鄉長的時候，鄉長認真的考慮了要不要辦理一個「鱷魚節」，我看著電視節目，想想也是吧，反正現在臺灣各地什麼都可以作一個節祭，看來我們要發了，我這樣子對阿嬤說，只要隨便來個鱷魚祭，以後我們光賣飲料都可以賺錢買新房子了。

阿瓜也開始幻想，只要一大堆鱷魚觀光客都來了，一定要有地方過夜睡覺，那就要把她們家改裝成為民宿，這樣子一定可以賺很多錢的。結果阿嬤笑說，哪有這麼好，在天天過年的，澆了我們一頭冷水。

我打開電視，這個平常看起來好恐怖的動物，現在突然大紅大紫了起來，地方新聞頻道的插播廣告從房地產大變動到鱷魚皮包。而動物頻道也開始播放關於鱷魚的紀錄片，美食頻道播出料理三杯鱷魚以及紅燒鱷魚肉，當我轉到佛教電視台的時候，老師父要我們了解鱷魚的因果關係，我再轉台，出現一個像是每日一字般的節目，說本草綱目有記載，鱷魚肉可以抗老化和養顏美容，鱷魚皮的營養更高，含有豐富的膠原蛋白，美容又養顏。

天啊！鱷魚突然爬滿了我們的世界了！然後我再轉到新聞台，電視上又出現了綜藝節目採訪。我一看，那坐在主持人旁邊的不就是阿華嗎？

「嗚，我的大白，被鱷魚吃掉了。」

「阿華小朋友，你養了大白多久了呢？」

「有五年了，大白和我一起長大的啊。啊！哇。」

阿華開始啜泣，然後阿華拿出了他和大白合照的照片，然後鏡頭一直拉近到阿華的眼睛，阿華的眼眶泛紅，畫面突然特寫阿華流下的一滴眼淚。電視突然作起了阿華和大白過去的回憶紀錄模擬劇，放起了令人難過掉淚的配樂，鏡頭帶到現場的觀眾，大家都在擦拭眼淚，好可憐啊，連我也不經意地眼睛裝滿淚水，我都不知道原來阿華曾經有這些過去，阿華我一定要給你一個擁抱！

晚上作夢，夢到鱷魚咬死蹬羚，鱷魚咬死斑馬，鱷魚咬死野牛。鱷魚突然放過長頸鹿，為什麼鱷魚不咬長頸鹿呢？這個問題還來不及在夢中回答，夢就被電話吵醒。早上六點鐘，阿嬤還在睡覺，我趕緊接起來，說了一聲「喂，你找誰？」卻聽見一個聽似陌生，卻有點熟悉的聲音。

「小剛，是我，我是爸爸。」

「爸爸？」
「把我忘了嗎？我是你爸爸啊！」
「啊！」
我大叫，又怕吵醒阿嬤而低聲！
「爸爸在美國，看到村子的新聞上了美國這邊的電視，所以才打電話給你。」
原來是因為鱷魚啊！
「鱷魚抓到了沒，電視新聞說有三公尺長，真的假的。」
「沒有這麼大隻啦！」
我聽了笑了出來，原來鱷魚傳到美國去之後也要放大一下，美國真的是什麼都大的國家。
「喔，這麼說是真的有囉。要不要我下次回臺灣去看你啊，爸爸好久沒回去村子了。」
「爸……」
「小剛啊，爸爸好久沒和你聊聊了，上次看到你的時候你才和爸爸的肩膀一樣高，現在應該比爸爸高了吧。」

「爸……我長到一百六了喔。」

「那快和爸爸一樣高了，對了，爸爸回去送一台電腦給你好不好啊，鄉下人也是要學電腦，要不要啊。」

「爸……謝謝！」

爸爸在寒喧幾句之後把越洋電話掛掉，原來爸爸去美國了？難怪好久都沒來看我了，也難怪會在一大早打來，在媽媽幾乎瘋狂的保護之下，當年會打我的爸爸是應該到這麼遠的地方去了。

醒來之後我又開始整理今天要販賣的貨品，今天窗外又開始紛紛亂亂，傳來雜亂的談話聲響。一大早出去又發現，大家在討論王正明一家人全部都不見了，可能是被鱷魚吃掉了。

怎麼可能呢？前幾天我還有看到他們一家人啊？打開電視，又開始看到了新聞報導。一個記者手上拿著麥克風，走在溪邊，邊走邊報導。

「據稱王正明一家人都消失了，三天以前，王正明的小孩到溪邊玩耍，而後家人到溪邊去搜尋，而後一家人都消失了。」

記者把麥克風拿給鄰居建銘，建銘邊看邊說。

「那一天我還跟她們一起去找的，而後我就自己先回家了，沒想到後來一天以後，一家人都不見了。不知道他們一家人有沒有保險，嗚——」

「請問王正明一家有多少人呢？」

「有五個人。」

「那可能有一窩鱷魚囉！」

記者採訪過後把麥克風拿到嘴邊，對著鏡頭大聲的說。

「據記者採訪，此處的鱷魚可能不只一隻，而是一窩，具有攻擊性，請各位來此玩樂的民眾不要接近溪邊，非常危險！」

新聞一出來，大家都覺得不可思議，王正明一家人前幾天不是好好的嗎？還說要去玩，真的不見了嗎？原來鱷魚有這麼多啊！我這輩子都沒看到這麼多鱷魚耶！

然後電視裡面又有特報，一個記者正在連線，後面有一大群記者圍觀，我應付完手上的客人，跑出去看到鄉長正在現場，我再跑回家看電視，記者伸出了約二、三十隻的麥克風對著鄉長。

「鄉長關於這次的鱷魚事件有什麼樣的想法？」

「鄉長關於鱷魚季有什麼樣的企劃嗎？」

「鄉長，這次被鱷魚吃掉的人有什麼樣的賠償計畫嗎？」

「鄉長！鄉長！鄉長！你踩到我的腳了！」

大家圍繞著鄉長七嘴八舌的說著，攝影機和記者擠成一團，鄉長和記者一起擠了好幾分鐘都不能動，最後鄉長緩緩的對著鏡頭說著。

「鱷魚可能會傷害大家，我們懸賞十萬元抓這隻鱷魚。」

十萬！大家都覺得不可思議，一聽到這個消息爭相走告。於是捕捉鱷魚活動快要變成村里居民的全民運動！大家都想要這十萬元的獎金。許多失業勞工都把抓到鱷魚當做最近的夢想。村子裡面反而湧入更多的人，大家都要抓這隻野外的鱷魚。於是我們柑仔店的生意更好了。

「如果抓到這鱷魚，我要拿十萬元去包牌買樂透。」

鐵工廠倒閉之後失業在家的火仔彬這樣說。

「有這十萬元，我就可以討一個老婆了。」

到了四十五歲還沒結婚的菜農建興仔這樣說。

看到大家在窗外窸窣的聊天，於是我開始擔心這窩鱷魚了，那也是我第一個發現的。所以我們可以分到一點獎金吧，然後我就可以讓阿嬤不再擔心下學期我的註冊費。

這時候在人來人往的群眾中，我發現電視的野外探險節目主持人來了。我跟在一旁看著節目拍攝，主持人說，抓鱷魚要用引誘的方法，放一些動物的內臟可以追蹤到鱷魚有沒有住在附近，只要鱷魚把內臟吃掉就知道有鱷魚了！於是在溪岸邊放置了許多雞和豬的內臟，好臭，觀光客經過都摀住嘴巴捏著鼻子，儘管如此，人潮還是愈來愈多，我整天賣東西，手找錢找到好痠，腳也站得好痠。

我打開電視，電視記者每一組說的話都不太一樣，鱷魚咬死的東西愈說愈大。

「我在溪邊看到許多的水紋，然後啪一聲，一陣水花，那一定是鱷魚啊！」

一個男性觀光客驚慌的說著。

「我在水裡看到了黑色的東西，好大！游來游去的我好害怕喔！」一個小朋友哭著說著。

他說他從沒看過這麼可怕的東西，還嚇得尿褲子。

到了下午，還是不斷有人潮湧入，人山人海的到處都是人，大家在溪邊烤肉、聊天，還唱卡拉ＯＫ，我還看到有一個拿著旗子的人帶著一群人走到溪邊，旗子上面還寫著「抓鱷魚賺十萬圓」，然後一群人一直熱鬧到晚上，人潮漸歇之後，轎車不斷的往村外開出去，我喘了口氣，然後有人打了一通電話回來，我用整天工作沒力氣的手接起電話。

「小剛，是媽媽啦。」

「哇！媽媽！妳怎麼有空打給我。」

「對不起啦，媽媽工作很忙，才剛下班。今天看新聞才知道老家那邊有鱷魚，你怎麼沒和媽媽說。」

「沒有啦，沒什麼事情。」

「沒事就好，鱷魚很可怕的要小心喔，對了！你也大了，畢業以後要不要到臺北來讀高中。」

「到臺北？」

「那邊現在這麼亂，一直亂下去也不好，還是上臺北吧。」

「不是要大學才去臺北嗎？」

「這麼亂，早一點上來好了。」

上臺北？不就是我一直幻想的事情嗎？可是一想到要離開阿嬤和阿瓜，內心又有一點不捨。想起一整天窗外的觀光客與補貨不及的店面，這一切真是太美好了。要不是鱷魚，阿嬤的柑仔店就要被村裡面的便利商店給取代了，只要有鱷魚，一切都可以維持下去。

但是一掛下電話，我看到阿華帶著大白在跑步，一下子覺得好像哪裡怪怪的。然後去外地唸書的大福去爬山兩天，今天下山回到村子，看到村裡面都是觀光客覺得莫名其妙，跑到店裡面和我聊了起來，我和他說起這件事情的來由，然後他大聲地叫嚷著：

「鱷魚，哪來的鱷魚?!」

「什麼！」我也大聲喊著：

「怎麼不可能？狗呢，狗是被吃掉的吧？」

「才不是呢！是捕狗大隊把狗抓走了。誰叫阿華亂把狗鍊打開，他今天早上去把大白領回來了。我剛剛有看到他牽著狗跑來跑去。」

「對喔！我剛剛也有看到大白！可是新聞沒有報啊！那……溪邊的血跡呢？那一灘血跡啊！」

「唉喲！那是雞血啦！那一天，水嬸去市場抓了兩隻雞回來給臺北回來的孫子補一補啊，你不是有撞到人家，自己都忘記了。」

「對耶，我撞到水嬸，等等！那她為啥去溪邊，雞在家殺就好了啊。」

「你忘記了喔，里長那一天就廣播停水了啊，水龍頭沒水所以去溪邊啊，我也是沒水才去去溪邊洗一下菜。」

「對耶，我那天好像聽到什麼廣播。糟糕了，那後來正明家裡面的小朋友不是不見了？」

「前天警察局打電話來，說是走到隔壁村去了，後來正明去接小朋友回來之後就先去臺北親戚家了啊！還是我陪正明去接小朋友回家的啊！」

「喔，難怪全家都不見了。」

我沮喪的低下頭，然後轉身看著窗外因新聞而來的人群，開始覺得有點擔心了。

和大福聊天過後，我看著窗外的人潮慢慢散去。而抓鱷魚的外景節目在枯等一天之後說這裡沒有鱷魚，於是也撤走了，到了下午，人潮也幾乎跟著節目走光了。我從窗外看出去，溪邊的地方花花綠綠的，仔細一看都是垃圾。於是傍晚，我和阿瓜以及村裡面的人沿著溪流，足足撿了十幾個黑色大垃圾袋，才把垃圾裝完。

接著我看到，SNG車上面的記者先生小姐們，在接到一通語氣匆忙的電話之後就大夥一起開車走了，過了沒多久再打開電視，發現他們又在另外一處SNG了。

「歡迎收看最新的連線新聞，高山原住民部落這裡發生了一件大事，這幾天發現了一隻會攻擊人的野豬，居民都非常害怕這隻野豬，但現在已經引起來許多觀眾圍觀（這時候畫面帶到後方，那不是早上才在我們這邊的香腸攤嗎？還有賣汽水的人也跟去了啊！），經由本記者特殊管道的關係，終於聯絡到了關係人，現在我們請超長獠牙的野豬先生來回答自己的心情。」

「咳，我們野豬啊住的好好的，都是你們人類無緣無故來打擾，也不考慮我們野豬怎麼想的，真沒良心……」

倒在柑仔店的藤椅上，我夢到野豬新聞，然後鄰居阿貓「砰」的一聲，把一個超大黑色塑膠袋放在我的面前。我驚醒，一下子就聞到了一股濕黏的水產間才有的味道。

「好臭！那是什麼？」

我看阿貓一幅偷笑的表情，看著動來動去的塑膠袋，難道這就是鱷魚？我著急的，卻又小心的把袋口打開，看到一隻大魚的尾巴掃動了一下。

阿貓開心地說：

「厲害吧！我騎著腳踏車載回來的說，我到溪的下游去，看到了小水鴨子被吃掉，我就想，這邊一定有大魚，然後我就去放網子，結果真的給我抓到了！」

阿貓在溪的下游抓到一隻足足有一米多長的泰國鱧魚！我知道這魚是外來種，在臺灣的溪流大吃特吃，把原生種的魚都要吃光光啦，比臺灣的七星鱧還要大好幾倍！

打開電視新聞，沒有人報導鱺魚了，開始報導山豬肉的妙用和醫療效果，以及高山的旅遊情報，而電視節目又回到了正常的樣態。我看著窗外的村長和鄉長也都一副辦不成「鱺魚節」帶著懊惱的模樣回家去，接著聽見里長的廣播「茲……茲……取消……十萬元……茲……又沒有……水了……茲……」鄉長把十萬元的承諾收了回去？戶外的村民一聲「喔——」的懊惱聲響之後，大家也收拾工具紛紛回家。

我轉過身看，只有阿嬤還是笑呵呵，柑仔店大進貨的運動飲料和提神飲料賣得差不多了，賺了一筆小錢，阿嬤又說，鱺魚事件是土地公的恩賜，要捐一點給慈善單位和村子裡面的土地公廟。這次的收入，拿來交我的學費之後還剩很多，暫時不用煩惱了。

晚上吃飯，阿嬤依舊吃著她認為有預防癌症效果的川燙番薯葉，哼唱著四句聯。然後阿嬤說，前天說抓到這隻「鱺魚」要給你加菜，你看溪裡面小水鴨不知道給它吃了多少喔……

看著湯鍋裡面的泰國鱧魚，口開開地向著天花板，眼睛失去血色因而像是一個白色的窟窿，空洞地向著天空的某處。

我突然想問爸，沒有鱷魚，你……你還會想要來看我嗎，帶我去買電腦嗎？媽媽會不會把我接到臺北去唸書呢？在大都市生活每天看到一堆新聞，今天有恐怖鱷魚，明天有超大隻山豬，後天有樂觀又短腿的長頸鹿，然後是開朗又巨大的穿山甲，每天有各式各樣的SNG，或許早把對我的承諾給忘記了吧。

夾了一大口泰國鱧魚的肉，覺得嫩但是咬了一大口薑絲，濃郁的嗆味撲上腦門，嗆得眼淚鼻水直流。阿嬤一看，想拿水給我喝，結果沒煮開水，自來水又停水了（又沒注意到廣播了！）阿嬤拿起沒賣完的運動飲料，我咕嚕嚕地喝了兩口，薑的味道和運動飲料的鹹味複雜地在舌頭上揉混了起來，嗆味慢慢地淡去，但視線卻有一點因為眼淚模糊了起來。

鱷魚，不知道為什麼，我突然開始想念你了。

【導讀】

這是一篇諷喻小說，諷喻臺灣社會容易聽信謠言、一窩蜂盲從的現象。作者假借兒童的視角，把一個綠頭鴨消失在大水波中的偶然的畫面，如何被渲染成一群鱷魚出沒溪中，描寫得活靈活現。媒體、電視台、好事的人，一起編織一個完全不求證的傳聞，且將之經營、操弄成舉國轟傳的謠言。作者是臺灣許多文學獎的常勝軍，本篇為第十四屆南瀛文學獎小說首獎作品，文筆有一定的水準，篇中穿插父母離異、隔代養育的家庭問題，筆墨雖淡，用意甚深。

楊富閔

暝哪會這呢長

【作者簡介】楊富閔（1987-）

臺南大內人，目前為臺灣大學臺灣文學研究所博士候選人，是臺灣新生代重要作家，作品經常入選年度小說選，部分且已譯有英、日、法文版本。著有小說《花甲男孩》、散文《解嚴後臺灣囝仔心靈小史》（二冊）、《休書——我的臺南戶外寫作生活》、《書店本事：在你心中的那些書店》。曾獲林榮三文學獎、吳濁流文學獎、玉山文學獎，臺中、臺南、高雄文學獎，及入圍金鼎獎、臺北國際書展大獎等。

暝哪會這呢長

楊富閔

現在，我們祖孫三人正坐在發財車上。緊緊依攏相偎，把全世界擋在車窗外。

現在，我們正準備離開大內。

大內無高手，惟一姐，惟阿嬤。

我開始在姐接的部落格留言是在去年夏天，芒果花開水水的季節。我們的故鄉——臺南縣大內。四界攏是花香味，花香味沿著曾文溪水從玉井走幾個彎道飄至大內，讓我想起亦是去年夏天大伯公的葬禮，送葬隊伍內人手一枝香水百合天人菊向日葵的走在鄉境村路上，香味貼緊了我們麻衣麻帽與頭披，上百子孫們按輩分順序，以各色孝服標記身分，一路過廟過橋過路邊人家的到火葬場，我與姐接並排送葬隊伍最後頭，新生代，連孝服都不穿。

我開始習慣每個星期五晚上十二點在姐接的部落格「大內兒女」留言，與她保持聯繫，我企圖張開一面家族血系的網，想在虛擬世界把她撈回大內岸邊，於是我手邊有了四張訃聞。分別是二〇〇〇年的曾祖母楊陳女、二〇〇二年的大伯婆楊陳懷珠、二〇〇五年的大姑婆鄭楊枝、至最新一張二〇〇七年大伯公楊永德。我以這群同姓氏先輩之名留言，隱藏身分卻不斷介入敘述，我仰仗亡魂輩的身分背景感到安心，卻不停的加入我的口氣與回憶混淆視聽，我想要撈回這個棄家而走的姐接，像託夢、像陰魂不散般在「大內兒女」與姐接對談——關於她決心當個不孝女這檔事。

「不孝女！女孩子不嫁是要留在家裡當虎姑婆是不是！紅閣桌上是沒在拜姑婆的！她死後看誰要去拜她！沒得吃！去做孤魂野鬼！」大內一姐每天下午五點在三合院前復健時，小學生般默背課文的唸一遍給我聽。

我說：「阿嬤！你真三八！煩惱姐接做鬼還會肚子餓！姐接在處罰妳！真正不孝啦！要妳逐工攏要想她一次！不孝不孝！」

阿嬤是我的大內一姐，大內無高手，惟一姐。

八年來，我們三合院以極恐怖的速度連辦了四場葬禮，走了了啊，大內一姐總說：「早前埕上不時攏有人影，現在連一隻貓攏無，攏走了了啊。」

我說：「阿嬤，但是妳現在就是尚大的！妳講的話尚大聲！尚準算！」

姐接與我從小就是大內一姐帶大，她是典型的做田人，典型的那種不是很高，膚質卻黑得很健康的阿婆，她的臉從每個角度看都像極了大內鄉朝天宮的那尊媽祖婆，肥嫩啊肥嫩，真慈悲，可她也是個難搞的女人，我們三合院內沒人敢惹到她，祖產分瓜，動輒幾百萬的土地賠償金，她一人代表我們這房去開會，聲頭真正親像雷公塊陳。她一生交手過的水果比男人還多，種出來的柳丁酪梨金皇與愛文往往是貨到果菜市場就被販仔包走，真實在。她三十歲就死尪，才生一個兒子，一路寡人拉拔兩個孫子到現在，我們不能算是沒錢人，因為我們相較同輩分且有爸媽照顧的同學而言，大內一姐對我與姐接的教養之路，可說是潮流極了。大內一姐總是很潮，她很潮的騎著一台野狼 125 載我們上下課，儘管我們的三合院僅離大內國小一百公尺，她且在政府尚無規定騎機車需戴安全帽的年代，就要我們姐弟頭頂全罩式安全帽的跟她四界去，我無法忘懷她左腳打擋的姿態，以及引擎運轉聲中她既溫柔卻有點感傷的歌聲，那首「暝哪會這呢長」，大內一姐的唱功，套句星光大道的名言便是：「音準不重要，重要的是，唱歌就是在說故事。」大內一姐很愛唱歌。她唱的歌都只說一個故事，故事是她很潮的開著發財車載我們去善化學美語、去麻豆唸私立中學、去永康吃麥當勞，去東帝士頂樓坐小火車，大內一姐為了讓我們能掌握語言的優勢，且不時教我們幾句日文，她是個很有遠見，且很有 guts 的阿婆，有一冬，姐接哭哭啼啼的從學校返回跟她投：「我不會算數學，老師叫我去死啦！」大內一姐正在埕上跟當時離婚住老家的大姑婆一起曬芒果乾，氣不過，一粒黑半邊的金皇芒果還握在手上就找老師理論去，她進學校尋教師辦公室門眼睛張大找姐接的導師，五公尺外，發現獵物，大內一姐金皇芒果就朝導師的身子丟下去，拉大嗓子：「妳憑什麼叫我孫女去死！我是付錢請妳叫我孫女去死的喔！」大紅造型的導師像粒流汁的芒果回嗆：「妳是誰啊！」「我是誰，妳不去探聽看看，大內鄉朝天宮廟後，姓楊的，您祖母叫蔡屎啦！阮尪姓楊，我叫做楊蔡屎啦！妳準備剉屎了啦！」我深深記得大內一姐的氣勢讓整個辦公室都硬了起來，真的沒人敢惹她。我還記得小學某一年，大內一姐老早熱車等著下午四點放學的姐接與我要去臺南市，那時候還沒死的大伯婆見了我們要進臺南，便直以為是要去醫院探病，以致於入夜返家後見著我們都有點紅腫的雙眼遂更篤定某某人的病況恐怕不樂觀，其實直到大伯婆死前我都沒機會跟她說明：「那一工，阮阿嬤駛車載阮去看鐵達尼號啦！」（那群老人們進城的機會總是少，最常去的可能是奇美或成大醫院，或事業有成在臺南市買房定居的兒家。）常會有人問及我們的父母，據大內一姐的發言：「他們都在美國，他們很孝順，給我錢照顧妳們姐弟，只是沒時間轉來臺灣。」（多少年後我才發現，我們從不使用**爸媽**字眼，太陌生了，遂也成為掉字的一族。）

於是每年母親節，我與姐接便會手工一張卡片獻給大內一姐說：「阿嬤！祝妳阿嬤節快樂！」（大內無高手，惟一姐，惟阿嬤。）

我們祖孫三人誰看來都像是被孤立了，據守在三合院的右護龍。十年來，三合院連辦了四場葬禮，連大內一姐都說：「下一個該不會就輪到我了？」曾經喧鬧的院內，如今走了了啊，剩下我們祖孫三人，站崗般的護著這老土地，無消無息。

然姐接卻樂觀地說：「是我們在排擠全世界啊！」是的，排擠全世界。這句話還真學得大內一姐的幾分神似，見證孫子也不能偷生。也是後來我才知道，姐接決定排擠全世界。

是某個星期五晚上十點多，我們的鄉已經入睡，我與大內一姐還神智清明地在收看星光二班總決賽，我們都賭梁文音會拿下冠軍，可大內一姐在看見賴銘偉融合八家將與搖滾元素的表演後就改口：「我感覺神明到現場了，這個古錐古錐的查甫會贏。」大內一姐是星光迷，她開始看星光二班也是去年夏天的事，除了星光大道，她喜歡型男大主廚，說阿基師真古錐；她也看大話新聞，不時注意李濤的全民開講，她常常很激動的要 call in，卻又說浪費電話錢，我幫她辦了一隻亞太的手機，買一送一，我也拿一隻，網內互打免錢，好讓我方便找到她，她的手機鈴聲是周杰倫的霍元甲，霍霍霍霍，很吵，這樣大內一姐才聽的到。其實她已經快變成宅女了，時間這麼多，那是因為大伯公出殯那天她沒送，一人在三合院內發落大小事情，儼然已經是三合院內的首席發言人，這下她最大了，根據大內一姐的說辭是她忙著換上新春聯時沒站穩，整人翻身跌埕上，老人禁不起跌，現場工人連忙送她到麻豆新樓醫院，我們送葬回來之後，大內一姐已經上好石膏且手握著扶椅在院內大小聲了。「妳們大伯公要帶我一起走，沒那麼容易！」這是後來半年，我因為在家等候兵單，陪她做復健時她總是掛在嘴邊的，聽久了，偶爾還會錯覺她是在埋怨大伯公沒有順便帶她一起走。

那一夜，星光二班的冠軍還真是表演八家將的賴銘偉，名次公佈時大內一姐已經在沙發上睡很深，我輕輕搖醒她，扶入臥房。我說：「第一名是賴銘偉耶！阿嬤妳猜對了，甘是媽祖婆跟你講的？」「媽祖婆早就在睡覺了，是妳大伯公大伯婆站在門口跟我說的。」她認真指著門外一角，帶著惺忪雙眼的口吻有點像喝醉了酒，她語氣有點硬，倒像是說：「我叫她們不准進來。外面站著就好！」

大內無高手，惟一姐，惟阿嬤。

我登入無名小站來到姐接的部落格「大內兒女」。像是我們不說開的默契，她每個星期五固定po上一篇新的網誌，或多或少的述說近況，姐接知道我會來看，然後我再扮演一個說故事的人，婉轉的傳達給大內一姐。曾經我們祖孫三人無話不談，繫守許多不能說的秘密，如今我們連說話都像隔著一個世界，好的時候親像在說夢話甜甜的，歹的時候袂似交代遺言。我們都說得假假的，聽得假假的。

我點進姐接新寫的網誌，標題做「偶像」：

學生今天模擬考作文，題目叫做偶像，有學生問：「老師的偶像是誰？」

學生私底下跟我打小報告，說同學間流傳老師跟和尚在交往。有人看到我出沒在台中公益路的誠品書局……和一個光頭的男人。

讀畢，我趕緊以大姑婆之名鄭楊枝留言，回應姐接的偶像。

我們姐弟的偶像別無她人。妳應該還記得大姑婆是阿嬤一人開車到佳里鎮給護送回來的，再晚一點，很可能就要被踹死了。大姑婆四五十年婚姻伴隨著一個暴力傾向的男人，那個年代的女人離婚事怎麼能說，被夫婿照三餐打的恐怕也不只大姑婆。但妳知道的，阿嬤不是好惹的，她雙手交叉胸前拎著鑰匙鏗鏘地響，一進對方家門先給那男人三耳光：「阮兜的查某不是嫁來乎妳打耶！沒什麼好講，人阮帶走！」我們躲在後車篷一路也跟著到佳里鎮去看熱鬧，回程路上，還不斷安慰淚流滿面的大姑婆，姐接，妳忘了嗎？妳的偶像就是我的偶像啊……

然後，謝謝妳告訴我妳人在台中。

鄭楊枝

不孝女的故事大內一姐天天都會說一遍，偶爾還會獻上一首歌當片尾曲，我陪著繞院埕復健練腳力，當她唯一的聽眾。這真是個多情的夏天。距離姐接決心與大內一姐對峙已過了一年多，今天的雷陣雨遲到，大內一姐的故事遂比雨先到。

「您大姐實在真不孝，一定要嫁乎那個半仙啊，夭壽和尚不知道跟您阿姐怎麼洗腦，您阿姐頭殼裝屎啦！走火入魔啦！卡到陰啦！才會不理我這個阿嬤啦！黑白信，信媽祖就對啦！」

「阿嬤，妳不是常常說媽祖婆攏在睡？」

「但是媽祖婆會清醒，您大姐沒清醒！她根本就是乎那個光頭耶洗腦！沒路用啦！」

「但是那個光頭有很多信徒耶，也是在做善事，幫人開剖人生啊，親像電視講道的師父啊！電腦上他真出名ㄋㄟ！」

「安怎！你們長大了！你也要跟您大姐去信那摳光頭耶！當不孝男就對啦！電腦有毒啦！您攏信電腦教啦！走火入魔啦！電腦無情啦！」

電腦無情，阿嬤有情。而我怎麼敢做不孝男。

姐接是去年在臺南市當實習老師時，上網結識了光頭耶，那時她就住家裡照顧大內一姐，關於那個光頭耶的故事，我都從說故事的人——大內一姐嘴裡，一步步、一天天聽來的。大內一姐說：那個光頭耶是個詐財斂色的神棍，姐接是被人家放符啊！姐接曾經帶光頭耶回家見她，光頭耶買來很多健康食品當伴手禮，她說那個光頭耶一看就知道活不久了，很不健康，運勢真歹，看姐接順利考上教師正職，要來轉運吸收阿姐的靈氣，大內一姐疑神疑鬼的說：「說不定被那個光頭的帶上床囉，可憐啦……」我從來沒見過光頭耶，但他卻像陰魂般周旋在我們祖孫三人的生活已經一年多，是的，一個不存在的、最熟悉的陌生人。大內一姐告訴我，姐接頭也不回就走了，那個光頭耶就等在我們家門口，她是氣到哭到親像早前阮阿公做他死去，丟下她彼當時，姐接心肝真狠！真無情。

這個故事是真的，因為姐接就這樣消失了，直到我在「大內兒女」的部落格找到她且開始隱匿身分和她對話，當她生命中的路人，也當一個充滿疑惑的弟弟，我才多少讀出，她為自己做的第一個決定。

我相信大內一姐，也相信姐接是個很沒主見的人，因為我們背後就有個沒人敢惹的靠山，讓我們從來不用做選擇。姐接容易被人牽著走、容易感動，喜歡聽悅耳的話，生的漂亮，越大越像章子怡。姐接人生的事似乎都被大內一姐寫好了，她乖乖當個符合老一輩期待的老師，然後嫁給大內一姐看滿意的男人。我總以為，大內一姐在這方面很不潮。我和姐接在部落格上互動的第一篇網誌名作「暝哪會這呢長」彷彿注定重逢在大內一姐的歌聲。姐接像許多年輕人喜歡在部落格轉貼歌詞，附加音播播放程式。她po：

明明知影　你只是泊岸的船　也是了解　咱只有露水的情份
過了今夜　又擱是無聊的青春　這敢不是紅顏的命運

我閱讀歌詞，邊聆聽音樂程式傳來這首「暝哪會這呢長」。遂以大姑婆之名留言，鄭楊枝，我在鍵盤敲下：

妳離了阿嬤選擇自己長大。妳應該深深記得大姑婆的婚姻，也許更熟悉阿嬤總是掛在嘴邊的愛情故事，紅顏如大姑婆與阿嬤，如今如妳。我們都深知阿嬤不願被「壓落底」的個性，於是她可以奪回出嫁的大姑婆，甚至和曾祖母為了分家另起爐灶而在大廳大罵出口，把神主牌請走。阿嬤常常說：「做人要有規矩！」妳一定想起了阿嬤的紅顏故事，她與阿公更是露水情分、更是泊岸的船。她嫁進楊家短短幾年尪婿就被牛車壓死，她總怨恨彼當時跟阿公決定要去都市，曾祖母硬是要把他們夫妻留在鄉下，沒地討賺，艱苦啊，只好去開牛車。大伯公大伯婆真正可惡，欺負阿嬤，把那些賠償金全都暗起來，阿嬤說：「我一毛都沒拿到，死尪的是我耶！」

阿嬤只是怕妳嫁不好、被壓落底，尚驚妳是走火入魔，乎人騙去……所以我該相信，我的姐接，這次為了愛，決定要博命演出了？

鄭楊枝

當我漸漸釐清疑問，姐接的離家，其實是為愛出走。為誰而愛？神棍？和尚？邪魔怪道的半仙仔？大內一姐其實也是掉字一族，她可能不知道，這光頭耶最貼切的身分應該叫做——網友。

姐接不過是跟網友走了，一個疑似宗教人士的網友。

大內一姐走累了，要我抬藤椅給坐在院埕上，曬西落的陽光。南部日頭斜射三合院落的每個窗櫺與門口，照在閉門深鎖的大伯公家、照在昔日大姑婆起居的角間廂房、照在大內一姐的野狼125、她的發財車。我且跟著大內一姐席地而坐，仰頭靜靜聆聽大內一姐唱支歌：

明明知影　你只是泊岸的船　也是了解　咱只有露水的情份　過了今夜　又擱是無聊的青春　這敢不是紅顏的命運

那片從山區而來的烏雲消散，今天的雷陣雨就這樣悶在天尾頂，落沒來，親像大內一姐掛在目眶的目屎。鄉內四界真平靜，無消無息，無動無靜。

大內一姐常說，自從大伯公過身之後，咱這些親戚五十就越來越生疏，老的都老了，少年的都少在相借問，我常聽大內一姐感慨，彷彿她開口就是一部大內史。我忽然相信每個叔公嬸婆阿公阿嬤的一生便等同於一個鄉鎮的開發史、一部斷代的民國史、短暫的昭和史，而現今，她們又是走到哪一個時代了？

有時我甚至懷念十年來的四場葬禮，轟轟烈烈，看出一個家族的旺盛。葬禮的繁文縟節反倒讓平時疏離的我們有了表演的機會，我懷念我與姐接在曾祖母過世時和三十幾個姑姑堂姐們圍在大棺木旁真哭假哭的場面，那時候我們都忘了靈堂外的紛擾，只用心做一件事，那就是哭。我也懷念大姑婆出殯那天大內一姐又哭又唱的訴說大姑婆的運命與人生，在場的男男女女也像跟著活了一遍。我們都忽然有事可以做，而非茫茫渺渺於人世間。我們有家可歸，有棺可扶。我亦懷念大伯婆的告別式，三合院內表演的民俗團體，牽亡歌、電子琴孝女、鼓吹陣，以及入夜家族大小在三合院前繞一個大圈燒折合陰間上百億的紙錢。多麼懷念的送葬時光，次次我都不甘心的走在出殯回程的路，很怕這張以死亡之名牽起的大網就這樣散了、斷了。然後，再也無關。我們都哭就是哭、笑就是笑，沒有想過跟全世界站在同一個線上，更像是要排擠全世界。然而急速的死亡也急速帶著一個家族走向沒落，一個家族的沒落，往往牽動著一個老鄉的衰退，這些被忽略的老鄉，與那些早已無人祭拜的孤墳上面長滿一季季的芒花、那些眼神呆滯等在養老院群居視聽室看綜藝節目的老人有什麼差別呢？我們的大內如此孤絕，當鄰近的官田以總統以菱角聞名；當玉井以芒果進軍日本；當新市的科學園區帶動善化房地產的血氣；當七股以鹽田黑面琵鷺翱翔在國人眼裡。我們的鄉——大內，還剩下些什麼？平埔族？酪梨？還是陳金鋒？有一年，我們鄉的曲溪村口蓋了座天文台，圓型建築彷彿是山坡上長出的野菇，大內一姐曾說：「夭壽喔，那個天文台像我這樣的老人爬上去，剛好順便葬在那裡，這麼高！有誰人會去？」大內一姐絕妙好辭，她形容的天文台是長在大內鄉獨有惡地形上的一顆肉瘤，看水水的而已。

看水水的而已。

阮的日子平板無聊，阮總感覺尚精采的人生已經過去，就親像大內一姐的青春凋落，阮的一切攏總無意義。

我常常想，這些年輕人大量流失、而老伙仔大量往生後的老鄉村，未來，到底剩下什麼？我們的大內、我們的三合院，大內一姐的大內，到底還有什麼？

「有心，人有心，電腦無心。」大內一姐說過的，換個說法，人有情，電腦無情。

依然是星期五的夜晚、依然是超級星光大道的收看時間、依然是深睡的大內鄉，我們祖孫已經從星光二班看到星光三班，可大內一姐往往在十點過後便開始打盹，不再如過往很入戲的跟著一起評分，而我開始偶爾轉台看談話性節目。街口有野狗狂吠，叫醒白花花路燈、叫醒大內一姐：「夭壽狗，吠成這樣，甘是去看到鬼。」我說：「可能是看到祖先又轉來啊……」「就都走了了啊，轉來是擱安怎……」我常常恍惚感覺大內一姐口氣中的思念，以及她身後龐大的落寞，大內無高手，惟一姐、惟孤獨老人。大內一姐起身準備進房睡覺，她問我：「那個不孝女最近擱有置電腦跟你聯絡沒？可憐啦，姐弟講話還需要用電腦，又不是沒嘴？信電腦教，走火入魔啦……」我說：「阿嬤，妳也可以來學電腦啊，都市很多老人都會打字上網耶！可以跟全世界站在同一線上，阿嬤妳不是最時髦了！」

大內一姐說：「野心這呢大！還想跟全世界站一起？您大姐，那個不孝女，連自己置叨位攏不知喔……您們少年人，毋通連自己是誰都不知道喔？」

我點進姐接的部落格大內兒女，神秘空間，彷彿可以存放好幾世代人故事。姐接連發了三篇網誌〈老〉〈病〉〈死〉，我一一閱讀且以祖先之聲，彷彿回魂般與她對話，聽姐接說故事。

〈老〉

底迪：

這是姐接給你的日記，最近出入醫院次數頻繁，幾乎以為這世界都病了。我到便利商店看見 open 將人型大看板竟然哭了起來，結帳時忘了取發票，open 將是不是長得很像外星人？我伸出右手食指感應，在店門口呆了很久。

那天改學生作文，文筆很差，大多不知所云。我逐字讀她們瑣碎與片段的故事，感覺閱讀的障礙。底迪，我們跟這世界，是不是越來越難溝通了？

他在化療，頭髮理光，老病死會不會一起來？

姐接開始在網誌提起那個光頭時，光頭耶已經癌末。多麼像剛要開始的故事，女主角先送給了我結局，而我只好往回溯，或者，乾脆放棄了解。我有點擔心姐接，在文字中讀出她的改變，是她長大了？還是我老成起來了？我回應：

阿嬤晨昏必燒香，三百六十五天大概有一百天都在祭祀，拜各路鬼神。阿嬤最大的支出除了生活費，就是獻給神鬼的錢。她拿香，煙燻得眼淚汩汩流，阿嬤在跟誰溝通？媽祖婆？地藏王菩薩？好兄弟？還是歷代祖宗？阿嬤是在跟自己溝通，她在跟自己相處。她念念有詞說給自己聽，就像這幾年葬禮中的大小規矩，都是演給活人看的不是？都是我們演給自己看的不是？這就是規矩。

楊陳懷珠

姐接，我們這世界還有規矩嗎？

我點閱第二篇日誌〈病〉：

〈病〉

出入醫院，身上像穿著一襲藥水味。陪他繼續化療、頭髮理光光，阿嬤說不準的是光頭耶以前不是光頭，他髮量曾經很多；說準的是，他看起來健康很差、活不久了。我到醫院外的花園走路，看見各國外傭推著臺灣老人在花叢前聚眾，外傭們聊開玩開了，放那些吊著點滴、鼻子插管的老人懸著頭晃啊晃，與棄置在資源回收桶前的大小包垃圾並無兩樣。底迪，我想起大內鄉下的那群老人，她們或者年老住進養老院或者一人獨居老厝宅，她們通常都有些成就非凡的兒媳在高雄在南科或者一生從未到過的北臺灣，她們的孫子大概只在暑假寒假才回來，半年長個十來公分不是問題，遂讓久久才見一次面阿公阿嬤也有種認不出、而誤以為是別人小孩的錯覺。底迪，我想起了阿嬤，也想起家鄉那群照三餐運動打太極跳土風舞手動腳動的老人，她們年輕時都很有活力的在荔枝林芒果樹中穿梭，體力向來過人，卻不明白何以老了還這樣用力運動？我很是大膽的揣測，她們是為了健康，但也許更怕哪天血管不通腳手麻痺不能動，怕勞煩了子女、更怕被一腳送進養護中心，她們可能不怕死，卻怕死後兒子在大陸、女兒在美國、孫子在補習、媳婦在開會，沒時間趕回來看最後一目。底迪，最後一眼，到底是誰在看誰？

復讀畢，我有種直覺，姐接就要回來了。她確實走火入魔，可走火入魔不就是一種執著，執著就有痛苦，我可以感覺姐接的痛苦。姐接的日誌大量回目故鄉往事，我幾乎可以看見，她已經等在家門口。

我以大伯公之名回覆姐接的病：

姐接，我感覺到妳的病。我感覺到妳對溝通不良產生的焦慮與不安，無話可說無言以對。妳的心中也有座大內，但妳的大內更封閉、更孤絕，且荒草蔓生恍如家鄉的亂葬崗。那裡沒有人在說話，人們生活大概只剩下肢體語言與臉部表情，就像我們重逢的神秘空間，有花樣百出的表情符號，和猥褻歪斜的動畫。姐接，有條隱形的河流在我們之間，也在家鄉外面。我揣想那是曾文溪，曾文溪水繞在大內鄉的邊境，乍似護城河，我卻以為那是深不可測的深溝。

姐接，對妳而言，鄭楊枝、楊陳懷珠、楊永德之輩，甚至整張訃聞上不及備載的人名都抄一遍，對妳而言，是不是只像一種符號？這張家族血系大網就算搬上了網路世界來到妳的神秘空間，這些曾經與妳一同列位某張訃聞上的妳兄我弟妳姐我妹們，現在又生疏得跟網路上哪組ＩＤ哪個暱稱哪個鄉民有什麼差異？我們，會不會也只是妳的網友罷了？

許許多多的數字，不差這一組0908949985。

楊永德

我點進第三篇，標題〈死〉：

〈死〉

他走了。他的信徒們跪在公祭會場外好幾百人，說他是活佛來轉世、說他的任務已經完成要返去仙界。我只是掉淚，覺得擁擠。他的母親說栽培他出國唸博士說她心肝就袂碎去。

我到便利商店找 open 將，伸出右手食指碰觸，沒有人回答。

網誌是在這三天陸續發表的，走火入魔的時間已經結束了，我似乎可以明白姐接的所有想法，遂以曾祖母的名字淡淡留言。

姐接，我們無處可去，我們只好回家，大內，那裡總是安全。

楊陳女

巨大的深夜，我彷佛一步走過好幾千年，暝，哪會這呢長？

五點，我下線。同個時間大內一姐推門進來飆人：「已經五點，我攏睏醒，你擱還沒睏！你也是玩電腦玩到走火入魔啦！」沉睡的鄉下開始傳來溫柔的雞鳴，多麼美麗的清晨時光，我聽見大內一姐中氣十足的喝斥聲。大內一姐拿著扶椅走往上了霧氣的院埕，像走進仙界，到達大廳。我跟著她的腳步走進大廳：「今天有人要回來了。」大內一姐說：「這樣喔。」我們三合院無人造訪已久，誰要來？大內一姐是聽懂了？我說：「天若光就會回來了，到時候我們再去接她。」大內一姐說：「好啊。晚上我們就來去臺南市吃飯。」我們的對話似乎省略了篇幅巨大的實情，且故意忽略心中忐忑的思緒。我感覺時間正在倒退卻又在向前，我時而面向大廳，時而背對著三合院。我像看見大內一姐騎著野狼125三貼，我們姐弟且經過兩旁皆是柳丁森林的小路，聆聽前座大內一姐隨風而來的歌聲，那首「暝哪會這呢長」悠長哀怨的曲調，總讓我們以為車到了盡頭，暝會過，而天就會亮。

我就在大廳的太師椅睡了起來。像睡在列祖列宗的身旁，便也有死一次的感覺。我彷彿夢到大廳停放過的具具棺木，沉穩靜定的姿態，竟讓我感到心安，而睡得更好了。在夢中，我隱約聽見大內一姐對著列祖列宗說的話：「楊家祖先，今仔日阮孫女就要回來了，希望眾公媽保佑，保佑她一切攏好。還有，我這個男孫大學剛畢業，再不久就要當兵了，他從小就沒什麼朋友，在家很厚話，在外面像啞巴。我跟她阿姐就是她唯一的依靠，他身體真虛，不知道做兵去會不會受得了？我實在足煩惱喔……」

日頭好，日頭刺醒大廳刺醒我，我微微張眼看見大內一姐正在擰抹布，擦拭她的發財車，如此安靜的庄頭，日上八點，尚無一點聲音。忽然……

霍！霍！霍！霍！霍！霍！霍！霍！

霍！霍！霍！霍！霍！霍！霍！霍！

霍！霍！霍！霍！霍！霍！霍！霍！

大廳紅閣桌上，無名方形物體發出綠色冷光傳來聲音，傳到三合院來，霍霍霍霍，撞擊左右護龍的牆壁，分貝加大。大伯公出殯後，我們就再也沒聽過如此高亢的聲音。半睡半醒的我嚇了好一大跳，對門外大喊：「阿嬤！妳的手機啦！妳的周杰倫在叫了啦！」不遠處大內一姐一拐一拐的來，我故意不接起。我們的三合院忽然霍霍霍霍了起來，像是丹田有力且臉色紅潤的老人在練功，霍霍霍霍。大內一姐拿過手機：「霍霍霍霍，好啦！好啦！不通擱霍啦！我剛剛拜拜完，就把周杰倫忘在紅閣桌上啦，老人記憶差啦。是誰打電話啦？」

「hello，this is 楊蔡屎。」

我在旁噗哧的笑，激動的全身在顫抖。三合院內，我們的大內。大內一姐多麼氣派的說著電話。她一手拄著扶椅，一手握著電話，像聊八卦般地說著，不時還夾帶幾句成語，感覺很以當國文老師的孫女為榮。大內一姐言談的側臉宛如大內鄉朝天宮內那尊媽祖婆，讓我深信她會永遠康健。

現在，我們祖孫三人正坐在發財車上。緊緊依攏相偎，把全世界擋在車窗外。

現在，我們正準備，離開大內。

大內無高手，惟一姐，惟阿嬤。

【導讀】

這篇小說曾獲二〇〇八年全國臺灣文學營創作獎小說首獎，也入選當年度的九歌《九十七年小說選》和天下文化的《天下小說選I》。作者以其家鄉大內和其家庭、家人為主題或背景或題材的作品甚多，因為人物有個性、題材有特色、文筆活潑，都有強烈的可讀性。本篇主要寫親情，不同世代間縱有認知差異、行為差異，但最後還是會化解於濃郁的親情。不論語言或題材，作者都能融傳統與創新於一爐，在溫馨的氛圍中，表現一種寬容的生命哲理。

【作品出處】

季季主編，《九十七年小說選》（臺北：九歌，2009）。

楊富閔，《花甲男孩》（臺北：九歌，2010）。

陳大為、鍾怡雯主編，《天下小說選I：一九七〇－二〇一〇世界中文小說（臺灣及海外卷）》（臺北：天下文化，2010）。

國家圖書館出版品預行編目（CIP）資料

臺南青少年文學讀本 小說卷 / 李若鶯主編 .
-- 初版 . -- 臺北市 : 蔚藍文化 , 2018.07
面； 公分
ISBN 978-986-95814-5-5（平裝）

863.57 107008231

臺南青少年文學讀本 小說卷

主　　編／李若鶯
顧　　問／陳益源
召 集 人／陳昌明
社　　長／林宜澐
總　　監／葉澤山
行政編輯／何宜芳、申國艷
總 編 輯／廖志墭
編輯協力／林月先、潘翰德、林韋聿
書籍設計／黃子欽
內文排版／藍天圖物宣字社

出　　版／臺南市政府文化局
地址：永華市政中心：70801臺南市安平區永華路2段6號13樓
民治市政中心：73049臺南市新營區中正路23號
電話：（06）6324453
網址：http：// culture.tainan.gov.tw

蔚藍文化出版股份有限公司
地址：10667臺北市大安區復興南路二段237號13樓
電話：02-7710-7864　傳真：02-7710-7868
臉書：https://www.facebook.com/AZUREPUBLISH/
讀者服務信箱：azurebks@gmail.com

總 經 銷／大和書報圖書股份有限公司
地址：24890新北市新莊市五工五路2號
電話：02-8990-2588

法律顧問／眾律國際法律事務所　著作權律師／范國華律師
電話：02-2759-5585　網站：www.zoomlaw.net

印　　刷／世和印製企業有限公司
定　　價／新台幣320元

初版一刷／2018年7月
ISBN 978-986-95814-5-5

GPN 1010700899
臺南文學叢書L100 2018-429